AF431357

# DE PROFUNDIS

Óscar Rodrigo

# DE PROFUNDIS

ÓSCAR RODRIGO

Título: *De profundis*
©2020, Óscar Rodrigo
Corrección 2020, Lucía Herguedas Verdía (Lucia_heve@msn.com)
Portada 2020, Gemma Martínez
Maquetación 2020, Verónica Monroy Romeral (vsaclae@gmail.com)

Impreso por Amazon

ISBN-13: 9798631988798

# SINOPSIS

Año 1924, Boston (Massachusetts). La Sociedad Científica Americana se ha propuesto otorgar un premio de cinco mil dólares a la médium capaz de demostrar que sus capacidades son reales. El joven James tratará de desenmascarar cada fraude, hasta que conoce a Mina Crandon y queda fascinado por ella. A raíz de ahí una serie de asesinatos tienen lugar en la ciudad. Un *thriller* sobrenatural con el ambiente de los años veinte, aderezado con sucesos y personajes lovecraftianos e históricos: Harry Houdini, Conan Doyle o el propio H. P. Lovecraft.

# ÍNDICE

# CAPÍTULO 1
## Mirada desde el otro lado

**Boston, Massachusetts. Otoño de 1924.**

Mi nombre es James Forsythe. Estos son los sucesos de un escocés en Boston. Unos hechos extraordinarios que me perseguirán hasta el fin de mis días...

Desperté sobresaltado. Un sudor pegajoso me cubría la cara, a la vez que el cadencioso baile aéreo del humo mecía mi conciencia malabarista, que jugaba entre una realidad quebrada y una ensoñación tumultuosa, inasible. No me di cuenta enseguida, una suave brisa de dedos de porcelana paseaba por los ángulos escabrosos de mi cara.

El tenue hilo de la realidad rozó por un instante mi intelecto dañado y volví. Volví a donde pertenecía. Regresé a las mazmorras donde yo era carcelero y reo a un tiempo, el Mundo.

Estaba en un fumadero de opio...en mi favorito. De nuevo en el abrazo materno de una madre monstruosa y reconfortante a un tiempo, que podría hacerme sangrar, aunque yo no le reprocharía nada y hasta le esbozaría una sonrisa devota.

Aquellos ojos verdes, de nuevo, me atormentaron el viaje.

—¿Estas bien, James? —Hui Yin esbozó una sonrisa amarga mientras seguía acariciando mi rostro—, estas pálido. Creo que te has vuelto a pasar con el láudano.

Asentí sin estar muy seguro de ser sincero con la joven china de esa tarde.

—Estoy solo... un poco aturdido. ¿Me ayudas a levantarme, Hui Yin? puede que tengas razón y me haya pasado esta vez.

—¿Quieres... que te cuide esta noche? —yo sonreí vagamente ante la proposición enmarcada en una sonrisa espectacular. Ella paseaba su dedo índice por mi camisa entreabierta.

—No, no puedo. No me encuentro bien. Creo que lo mejor será que me vaya a casa. Nos vemos el viernes, ¿eh?

Hui Yin, había sido mi amante en alguna ocasión y aunque había un acuerdo tácito de: "cero responsabilidades el uno con el otro", siempre me daba la impresión de que sus ojos me telegrafiaban un anhelo palpitante. Una petición velada a la que yo respondía apartando la mirada como quien escupe un sentimiento en el pavimento sucio. Sé que eso le dolía.

La empleada del fumadero de opio se esforzaba por ponerme la chaqueta y yo no se lo ponía fácil. En parte por mis turbulencias mentales azotadas por el opio, en parte por mi asimétrica fisionomía. En mi nacimiento, resbalé del regazo del doctor y caí al suelo. Esto me produjo un desarrollo de mi brazo izquierdo anormal a lo largo de mi vida, regalándome, a mis veintitrés años, un brazo más pequeño que el otro y tan débil que no podía sujetar la pipa de opio y rellenarla a un tiempo. En estos menesteres y en otros, siempre estaba dispuesta la grácil Hui Yin.

—¡Jimbo, te he buscado por todas partes! —hizo acto de aparición mi amigo Arthur. Un escocés, como yo, que rebasaba casi tres veces mi edad, rubicundo y con un positivismo y dinamismo a veces exasperante. Me conocía desde que yo no levantaba dos palmos del suelo. Soportaba con estoicismo que me llamara "Jimbo".

—Sir Arthur Conan Doyle... ¿a qué debemos el honor? —musitó mi amiga, inclinando su cabeza adornada por una sonrisa sardónica. Dejó entrever su canalillo a través del kimono y Arthur y yo intercambiamos una mirada.

—Ejem, buenas noches, señorita Hui Yin. Vengo a buscar a este mequetrefe por el que suspira en vano —Arthur se mesaba el bigote blanco, decidido a desplegar sus encantos, una vez más, ante la muñeca de porcelana, quien disfrutaba provocando—. La carne de buey viejo es más sabrosa que la de ternera, ¿no lo sabía usted?

—¿Ah sí? ¿Y cómo es eso? ¿Querrá usted instruirme? —Yo a esas alturas ya había puesto los ojos en blanco. No debía ser tan urgente el asunto que traía Arthur, si tenía tiempo de entretenerse en su puesta en escena con picaresca incluida.

—La carne envejecida por los años...tiene más matices que, una elegante muchacha, inteligente como usted, estoy seguro que sabe apreciar. —La mirada de zorro viejo subrayada por el mostacho le venía que ni pintada.

—De eso estoy segura, como también lo estoy de...— ahora Hui Yin se acercó a la boca de mi "¿amigo?". Estaba a un escaso centímetro— que si la cocinera aplica un poco de...ardor, esa carne se quema con suma facilidad.

—Ejem —interrumpí—, los dos sabéis lo que me gusta la comedia en el teatro, pero, Arthur, ¡¿me vas a explicar de una vez por todas qué te ha traído aquí?!

Hui Yin aguantó una carcajada cubierta con sus manos y se apartó. Se sentó cruzando las piernas y se encendió un pitillo, marcándolo con sus labios rojos.

—Jimbo, escucha: sabes que la asociación a la que pertenezco ha decidido premiar a aquel médium que, tras nuestras pruebas, demuestre que sus capacidades son legítimas. Queremos acabar con el fraude entre los supuestos comunicadores con los espíritus...o lo que sea y encontrar a los que son verdaderos conectores con el otro lado. El lado de los que ya no están entre nosotros, al menos en cuerpo.

—Pero ¿cómo lo vais a hacer? ¿Y por qué me cuentas esto?

—Ofrecemos un bote de cinco mil dólares a quien resulte ganador o ganadora.

—No sé, Arthur. Se me antoja complicado. Mi jefe mismo es uno de ellos. El mejor y créeme, lo he visto cientos de veces y no lo he descubierto nunca en un renuncio.

—Pero Harry no es médium.

—El señor Houdini lo fue en sus inicios y a veces todavía hace alguna sesión de *mesa voladora*. Creo que trata de contactar de forma obsesiva con su madre fallecida. Pero cuando te digo que nunca he descubierto sus trucos me refiero al escapismo, juegos de manos, etc. Es un ilusionista en toda regla. Juega con la ilusión de las personas.

—Eso no suena muy...ético, querido amigo —apuntó Arthur, guiñando sus ojos de ratón.

—No te hagas el sorprendido. Tú mismo conoces su proceder desde hace tiempo.

—Es cierto. Esto es distinto. Queremos dar con la médium real. Harry Houdini me ha pedido que te buscase, lo cual ha sido difícil, hasta que te encontré aquí, y te comunicara su interés en que seas tú el que desenmascare a todos y cada uno de esos perros impostores que solo hacen que secar los bolsillos de los incautos bostonianos. Será una operación mano a mano entre la institución a la que pertenezco y Harry Houdini, tu mentor.

Él quiere que seas tú el que dé con la médium real. Dice que tienes un olfato de perro de caza para esas cosas. Perfil que desconocía de ti, joven amigo. Será una operación mano a mano entre la institución a la que pertenezco y Harry Houdini, tu mentor.

Una vez conseguí ajustar mi chaqueta de la manera más cómoda, abandonamos, muy a nuestro pesar el fumadero ilegal de opio, situado en la calle Otis.

Ya eran las últimas horas de la tarde y el cielo crepuscular comenzaba a vestir Boston de naranja oscuro. Con paso firme nos dirigimos a donde se hospedaba provisionalmente mi jefe, Harry Houdini, el inigualable hotel *Parker House*.

—Muchacho, lo mejor será que espabiles. ¡No querrás causar mala impresión a Harry!

—¿A qué te refieres?

—¿Tú que crees? No estabas fumando tabaco precisamente en ese lupanar de mala muerte. Traes la culpabilidad escrita en la cara, hijo.

—No es un lupanar, es un fuma...

—¡Cshhh! ¿Estás loco? No lo nombres en la calle. Nunca se sabe quién puede estar escuchando. Te he dicho mil veces que dejes esa porquería. Te va a pudrir los pulmones y a deshacer el cerebro como si fuera ácido. —Lo que más temía; Arthur en plan paternalista, como si él fuera un santo.

—Arthur, deja de atosigarme. No soporto cuando te pones así.

—Últimamente no soportas ni tu sombra, señorito. Ya hemos llegado al hotel. Anda échate un poco de agua a la cara en el baño del vestíbulo y luego subimos a la habitación de Harry.

Después de aceptar a regañadientes los consejos del escritor escoces llegamos a la estancia de Houdini sin cruzar una palabra.

—Adelante, James. Arthur, pasa. Acomodaos.

—Gracias Harry, aquí te traigo a tu empleado más valioso—. A estas palabras de mi amigo, el escapista de mi jefe me observó con una ceja levantada mientras se servía una copa— ¿gustáis?

Arthur asintió. Me recordó a un gran perro pastor meneando la cola ante las expectativas de un buen bocado.

—Escocés sin hielo.

Por alguna razón que desconocía yo estaba más nervioso de lo habitual. Aquel hombre de apariencia insignificante, pero de mirada inquisitiva siempre me había puesto algo nervioso pero ese día había algo más.

—James. Te he hecho llamar...oye, chico, ¿te encuentras bien? Estás más pálido de lo habitual, que ya es decir.

—Sí, sí señor. No se preocupe. Debe ser algo que comí, no...no puedo pensar con lucidez.

—Bueno, tómate esta copa, puede que te haga sentir mejor. — Houdini puso una copa de un líquido pálido en mis manos y yo lo ingerí ante la presión de su mirada y la de Arthur—. Como te decía; te he hecho venir porque tengo un encargo para ti.

—Algo me ha contado Arthur, señor.

—Muy bien, pues entonces sabrás que nuestra idea es terminar con todas esas brujas farsantes que osan llamarse médiums, ¿verdad?

—Permíteme Harry —intercedió Arthur—: se trata de descubrir a la que sea auténtica, no de arruinarles la vida a los demás, eso es lo que creía que habíamos hablado. Hay una sutil diferencia.

—Eso es lo que hablamos hace unos días, mi querido Arthur. Pero es hora de dar una lección a todos esos petimetres y mujerzuelas que infestan, no solo la ciudad, sino el país entero, para poder vivir en un lugar justo.

—¿Te has vuelto un justiciero de repente? ¿No es mejor dejar eso a las autoridades? —apuntó Arthur sin miramientos.

—No. Ellos no entienden de estas cosas y déjame decirte que tu asociación de asuntos paranormales está muy verde. Algunas de esas médiums os podrían engañar, créeme, las conozco.

—Pero, señor —interrumpí carraspeando mi agrietada voz opiácea—; su número previsto en Nueva York de escapismo esta próximo. No creo que tengamos tiempo para esto.

—Tenemos tiempo para esto y más. Toma —Houdini me tendió un papel—, esta es la dirección de la primera supuesta médium a la que tenéis que destapar. Gracias al anzuelo de cinco mil dólares que ha tendido Arthur Conan Doyle y su asociación estoy seguro de que no encontrarás oposición para inmiscuirte y presenciar de primera mano las sesiones espiritistas de los "candidatos".

—¿Estas de broma Harry, la italiana? —inquirió Arthur.

—No. Atrápala, James. Tú ya sabes los trucos que yo solía hacer en mis sesiones. Eres mis ojos y mis oídos en esos cuartuchos oscuros. Sabré recompensarte. Arthur podrá acompañarte cuando él estime oportuno o en casos más difíciles. Por supuesto no hace falta decir que quiero discreción. Mantenme informado, Jimmy.

Leí la nota, se trataba de Eusapia Palladino, una de las médiums más famosas de la ciudad. Abrí la boca para decir algo, pero Arthur me la tapó con una mirada. Harry Houdini se había dado la vuelta y observaba por la ventana.

Al salir del hotel ya había anochecido y concreté con Arthur la hora de la visita a la señora Palladino y que mi jefe se había preocupado de concertar unos días antes. Sería al día siguiente.

Arthur y yo nos despedimos y decidí regresar dando un paseo hasta mi minúsculo apartamento. La noche estaba helada pero precisamente esperaba que esa ligera brisa gélida me despabilara y abriese la mente sobre lo que me habían encomendado. Por alguna razón tenía una sensación opresiva sobre mi persona, como si una capa de hierro oxidado me envolviera y no dejase que siquiera mis pensamientos salieran al exterior.

Boston, en aquel año de 1924, no es que fuera una ciudad grande pero quizás por contagio ya había adquirido las peores características de las grandes urbes: tráfico intenso, gente tirada en la calle sin un mendrugo de pan que echarse a la boca, algarabía de mercado casi en cada esquina y un centro hormigueante que podía descuartizarte a modo de atropello por coche o asalto a mano armada. Esto último era lo que más me preocupaba de aquel paseo nocturno que ya no me parecía tan buena idea, después de unos minutos andando bajo la escasa luz de las farolas.

Escuché un grito lejano en dirección del Lago Storrow. Me detuve y casi mi corazón también. Fue tan breve que si hubiera ido algo borracho habría confundido con un pensamiento. De hecho, no estaba seguro de haberlo escuchado. Creo que me encontraba algo sugestionado por la misión que se me acababa de solicitar. Reinicié mi caminata, pero mi mente se había apeado en el lugar donde escuché el alarido tenue.

Por fin llegué a mi casa. El apartamento del tercer piso que me había alquilado la señora Mathews. Una viuda con bigote y que, como un ratón, se ocultaba por las esquinas obteniendo información de los huéspedes que habitábamos las distintas dependencias, que la beata señora tenía a bien alquilar.

Como siempre, la encontré tras la puerta del patio, observándome. Ella siempre estaba allí. Si me dijeran que vivía en el patio me lo podría llegar a creer. Le debía ya dos meses de alquiler, así que, sin darle tiempo a abrir sus fauces, le saludé breve y subí rápidamente hacia mi estancia de paredes verdes con estampados grotescos en su papel pintado.

Creo que estaba quitándome el chaleco cuando caí rendido, de bruces en la cama. Aquella absenta que me brindó Houdini había dado un latigazo incontestable sobre mi maltrecha conciencia y yo había caído sin remisión.

Una angustia febril recorría mi cuerpo esa noche, como una mortaja crujiente que se enroscaba en mi cuerpo y apenas me dejaba respirar. Delicada pero constante se adueñaba de mí.

De repente, me encontré en un páramo terroso, preñado de humo gris, olor a pólvora y alaridos guturales animalescos. No recuerdo una sensación de desamparo tan grande, el mundo se había ido. Yo estaba aterrado. Mover una pierna para dar un primer paso me supuso un gran esfuerzo. Me moví sin rumbo fijo, pero, por alguna razón consciente, supe que corría un peligro real si me quedaba hierático en medio de la nada. Un estruendo monumental a mi espalda, luego otro y otro. Traté de correr, pero mis piernas pesaban toneladas. Estaban lloviendo cañonazos sobre mí. Uno de ellos me hizo volar por los aires, cayendo de bruces sobre el barro que estaba empezando a formarse bajo la lluvia. No sé qué estalló antes; la tormenta o la batalla. Sentí mi mejilla empapada de un líquido caliente y generoso, estaba sangrando. Tomé valor de donde nunca tuve y reanudé el paso. Comencé a sentir los silbidos de las balas a mi alrededor. En la alocada carrera que se convirtió mi huida de aquel enemigo invisible, tropecé y rodé al interior de lo que en principio me pareció un socavón producido por la artillería. Cuando escupí la tierra húmeda de mi boca alcé mi vista y me encontré con la mirada cristalina de un soldado. Me hallaba en una trinchera de la Primera Guerra Mundial, en Europa, seguramente en algún punto entre Bélgica y Alemania. El soldado me agarraba por la solapa. Su mirada...esa mirada quería morderme el alma, y el muchacho lanzaba bocados invisibles hacia ella. Conseguí desasirme de su presa y ponerme de pie. Al alzarme, el chico de cara indefinible me había arrancado, sin quererlo, un colgante con una medalla de San Andrés que siempre había llevado desde niño. Pude entonces ver que el muchacho tenía un agujero en el cráneo del tamaño de una naranja. No podría estar vivo, pero ¿acaso yo lo estaba? Rompí la cadena invisible que sus ojos lanzaron sobre mí y empecé a correr entre cadáveres, cientos de ellos, en aquella cicatriz hecha a la tierra, alimentada de carne aún caliente y fresca.

Volteé la vista y el chico con el agujero en la cabeza me perseguía...cada vez más cerca. La lluvia torrencial era ya un mar regurgitado por el cielo a través de la humareda en el páramo. Los uniformes aplastados por mi bota comenzaron a hundirse y con ellos la trinchera, con la trinchera, yo mismo entre barro, sangre y huesos. Manos cadavéricas y rostros pútridos se cernían sobre mi persona. Tiraban de mí hacia abajo. Yo gritaba pero de mi garganta no salía ningún sonido.

El chico de ojos cristalinos, mi perseguidor, me apuntaba a la cabeza con su arma. Cuando escuché la detonación me incorporé en mi catre entre sudores y temblores. Había sido tan real...

Levanté la mirada hacia la entrada. Una silueta oscura, impersonal, tenue como el latido de un bebé, me observaba desde detrás de la puerta o eso me pareció.

La figura salió del abrigo de la negrura para voltear el quicio de la puerta. Al siguiente parpadeo había desaparecido. El abrazo ínfimo de la angustia ya no me abandonaría durante muchas jornadas. ¿Había sido todo un mal sueño?

Me incorporé y encendí la luz. Me dirigí al lavabo para echarme agua sobre la cara. Cuando elevé la vista hacia el espejo me cercioré de que mi cadena con la medallita no estaba en mi cuello. Nunca me la había quitado desde que mi difunta madre me la regalase. No la encontré.

La mañana siguiente la pasé entre pensamientos sin sentido y la placidez de un buen café negro mientras ojeaba el *Boston Globe*. Esa tarde-noche era la señalada por Houdini para visitar a la médium número uno de una supuesta lista que mi amigo Arthur poseía; la señora Eusapia Palladino. Todo el mundo en Boston la conocía. Había llegado tras un paseo al destino.

—¡Jimbo! ¿Pero qué haces aquí?

—Hola Arthur. ¿A ti que te parece? Es este el edificio donde vive la señora a la que tenemos que investigar, ¿no?

—¡Csh! Baja la voz, niño, que nunca se sabe quién tiene la oreja puesta. Quería decir que es un poco pronto para llamar a la puerta. Anda, vamos al café *O'Reilly* de la esquina. Tomemos una pinta y luego ya subimos.

—Arthur, no creo que sea...

—¿...una buena idea? Bla, bla, bla. Vamos hombre no puedo hacer esto sin un toque de jugo de cebada.

—Tú y tus eufemismos. —El escritor me agarró por el hombro y al rato ya tenía una pinta de cerveza tostada en mi mano.

—Arthur, dime una cosa; ¿He estado dándole vueltas esta mañana al por qué del enconamiento del señor Houdini por desenmascarar a todos aquellos que viven de la mediumnidad, magia, esoterismo... ¿Qué crees que persigue?

—Jimbo, conozco a Harry desde hace años. Y tú, que eres uno de sus trabajadores, creo que deberías estar mejor informado. Yo aprecio mucho al maestro del escapismo, pero desde que perdió a su madre; la señora Weisz, que Dios la tenga en su gloria —aquí Arthur Conan se santiguo—, él no ha vuelto a sonreír y a veces encuentras su mirada perdida en quién sabe qué pensamientos turbios, pues su gesto así me lo indica.

—Pero, creo que ha pasado mucho tiempo y, Dios me guarde de juzgarlo, ¿no debería haber recuperado su ánimo habitual?

—Muchacho, acércate —Yo pegué mi oído a su mostacho gatuno—: Dicen las malas lenguas...

—Cuando dices "las malas lenguas", no te refieres a ti, ¿verdad?

—¡Cállate, desvergonzado y no me interrumpas! —tras la reprimenda, su ceño fruncido volvió a esconderse—. Se cuenta que él estaba digamos...obsesionado con su madre. Sentía un apego por aquella mujer por encima de lo habitual en un hijo.

—Bueno, Arthur. No sé a dónde quieres ir a parar. Que el señor Houdini fuera un niño demasiado protegido por su madre no es algo como para que escandalice a la sociedad bostoniana.

—No me has entendido. ¿Es que hay que explicártelo todo?

—No, no puede ser. Pretendes decirme que estaba enamorado de...No quiero ni pensar lo que planteas. Tú y tu mente calenturienta. Cómo te gusta hacer el papel de ese personaje que escribes en el diario por entregas, ¿cómo se llamaba? ...Holmes.

—Déjate de pamplinas y bebe— me incitó el grandullón empujando mi jarra a mi gaznate.

—¿Y qué tendría que ver eso con su fijación por acabar con los supuestos embaucadores?

—Él tenía una fe ciega en la mediumnidad y por ende en la posibilidad del contacto con otras realidades, con el mundo de los muertos o más concretamente de los espíritus. Durante mucho tiempo anduvo de uno a otro sujeto recorriendo varias ciudades de la costa oeste para poder comunicarse con su desaparecida madre. Por extraño que te parezca entre madre e hijo habían acordado una palabra clave si, llegado el día, tenían que comunicarse el uno con el otro desde el otro lado.

—No me lo digas, nadie consiguió establecer el contacto entre su mamá y él.

Se dejó una fortuna y así acabo por tomarles manía a todo el colectivo de adivinos y sacacuartos —le guiñé un ojo y apunté con el índice.

—Sí, exactamente. Quiere acabar con todos. Está convencido de que son todos unos farsantes.

—Supongo que también querrá averiguar si hay alguno o alguna cuyos poderes sean reales —aquí Arthur me sonrió con una de esas sonrisas en las que sabes que oculta una sorpresita que te va a pellizcar el corazón.

El escritor apuró su pinta y tras secarse con la manga me susurró.

—Hay una señora que está teniendo cada vez más fama, ya no en Boston sino en todo Massachusetts. Por lo que he oído, tiene potencial. —Yo abrí mucho los ojos pues en mi fuero interno opinaba más o menos como mi jefe en cuanto a estos embaucadores. Aprovechaban el dolor y desesperación de gente a la que solo le quedaba cierta esperanza de obtener una señal de sus difuntos, muchos muertos en guerra o de forma trágica y esperaban poder despedirse de ellos. Poder encontrar cierta paz en sus atribuladas vidas—. Crandon.


Las palabras de Arthur me revolvieron algo por dentro. Fue una sensación indescriptible para mí, que jamás había tenido antes. Fue como si el corazón me hubiera brindado un pálpito de más. Algo así.

# CAPÍTULO 2
## Eusapia

Comenzaba a sufrir un sofoco alarmante en aquel atestado bar irlandés, tan propio del Boston de los años veinte. Cuando me disponía a proponer a Arthur que saliéramos de aquella atmósfera húmeda, el grandullón me pasó el brazo sobre los hombros y me dirigió a la salida como quien toma un abrigo viejo bajo el brazo. Pensé que para ser un "sir" británico a veces tenía unas formas un tanto rudas.

Se nos hacía la hora de la sesión espiritista de la señora Palladino. No sé muy bien si fue por la cerveza tostada, pero tropecé con un ser alto y con un físico portentoso y hasta intimidatorio. El sujeto me miró como quien observa una hormiga que se le ha subido por el zapato.

—¡Oh, que sorpresa, Howard! ¿Cómo está? —aludió Arthur a la pared de carne.

—Bien Míster Doyle. Estamos bien.

Hombre parco... ¿estamos? Hasta ese instante no me había percatado de que el señor Howard estaba acompañado. Si la mole era impresionante e inquietante en su aspecto su "amigo" me dejo petrificado. Era menudo, delgado, una persona nimia cuya sombra tenía más presencia que él mismo. Me recordaba a un ratón que compartía apartamento conmigo: se quedó en esa expectación nerviosa que tienen los roedores cuando esperan que te muevas para correr en la dirección opuesta. El sujeto miraba al que parecía su amo sin apartar la mirada, acuosa mirada cristalizada. El tipo establecía un cordón umbilical invisible entre él y el tal Howard que, supongo, le hacía sentir protegido. ¿Pero protegido de qué?

El alto me ofreció una sonrisa barata y me tendió la mano.

—James, este es el señor Howard Phillip Lovecraft. Un buen amigo y compañero.

—Buenas noches, señor Lovecraft. Mi nombre es James. James Forsythe. Un placer.

—¿Qué te trae por Boston, Howard? —Se interesó Arthur.

—Les presento al señor...Seaman. Él es fotógrafo y me acompaña con todo su equipo a una fiesta privada en esa gran casa de ahí enfrente.

—Un placer, señor Seaman. ¡Me estás diciendo que vas a casa del matrimonio Palladino!

—¿Los conoces?

—Sí, claro. Nosotros vamos hacia allí. El señor Lovecraft, querido James, es un gran escritor y prohombre de nuestro tiempo que, si Dios lo permite, pronto cobrará la fama que se merece. Su historia corta de *Dagon* me maravilló, joven.

—Gracias señor Doyle, es usted muy amable. El terror mezclado con fenómenos forteanos es lo que creo que se me da ligeramente bien.

—Me encantaría leer algo de usted, Míster Lovecraft —admití con sinceridad.

—Quizás no pueda dormir por un tiempo si lo hace, amigo James.

Aquel sujeto logró inquietarme cuando inclinó su enorme e impoluta cabeza a mi altura.

Encantado —dije yo ofreciendo mi mano buena al otro hombre y mirando de soslayo con media sonrisa impostada al supuesto escritor—, señor Seaman.

Aquel hombre no sonrió en lo absoluto, y su gesto...su gesto era el vivo retrato de un animal sin conciencia. Era como si mirase a través de mí sin ni siquiera cerciorarse de que yo estaba ante su persona. Su mano sudaba horrores. Me limpié con el pañuelo cuando se dieron todos la vuelta para enfilar la residencia Palladino.

Sujeté del abrigo ligeramente a Arthur para que nuestros amigos tomasen un poco de distancia respecto a nosotros.

—Arthur —susurré. Mi amigo me miró con cara de extrañeza—, ¿es que no te has fijado?

—¿Qué te pasa, chico? ¿Qué mosca te ha picado?

—Ese hombre no es normal. Mira cómo anda. Se balancea demasiado.

—¡Te parecerá bonito juzgar a alguien con problemas óseos! ¡Parece mentira y tú precisamente! —Esto último lo dijo señalando con la barbilla mi brazo atrofiado oculto, como siempre, en el bolsillo del abrigo.

Opté por bajar la mirada y dejar el tema para más tarde. Había varias cosas extrañas en aquella pareja de feria ambulante.

Tras el señor Lovecraft y su amigo fotógrafo entramos Arthur y yo a la propiedad del matrimonio Palladino. Aquel era un pequeño palacete sin concesiones, pero sin excesos victorianos. El señor de la casa había hecho una pequeña fortuna, quizás no tan pequeña, en el negocio de las telas y disponía de tres talleres de grandes dimensiones a lo largo de la costa de Massachussets. Como todo negocio bostoniano en aquellos años veinte estaba sufriendo la crisis económica del momento.

—Adelante caballeros, en unos instantes la señora estará con ustedes —nos comunicó la criada tomando nuestros abrigos y sombreros.

—¡Oh, señor Lovecraft, señor Doyle! Qué gran satisfacción tenerlos hoy entre nosotros. —La señora Eusapia Palladino apareció descendiendo las escaleras desde la planta superior. Era una mujer que al primer instante dejaba traslucir una autosuficiencia poco común en las mujeres casadas de aquellos años. Era de esas personas que dominaba la escena en donde se encontraba cualquiera que esta fuera. Una persona resoluta de vestimenta clásica, pero de aires nada tradicionales.

—Señora Palladino, un honor —añadió mi compañero inclinándose para besar la mano de ella. Todos hicimos lo mismo. Eusapia miró con un desagrado mal disimulado al fotógrafo. Al cual le retiró con prestancia la mano.

—Van a tener que disculpar a mi esposo, hoy se encuentra indispuesto y no podrá atenderles. Al fondo podrán disfrutar de un refrigerio mientras preparo la sala donde llevaremos a cabo la sesión de esta noche.

Todos pasamos a la dependencia que nos indicó Eusapia. Estaba bien surtida de multitud de canapés en bandejas de plata acompañados de distintas bebidas. Ella me tomó el antebrazo antes de que yo irrumpiera en la estancia.

—Señor Forsythe, ¿cómo esta Harry?

—El señor Houdini está en perfecto estado, gracias por preguntar, señora Palladino —La sonrisa sardónica de ella no auguraba nada bueno.

—Si me permite la pregunta; ¿a qué se debe este interés repentino de su jefe por poner en busca y captura a las médium de la ciudad?

—Señora Palladino, vea que esta comisión junto a la Sociedad Científica Americana está brindando con este proyecto una oportunidad única para librar a su...comunidad de los que son meros estafadores y premiar con cinco mil dólares a los que demuestren unas cualidades extrasensoriales.

—Ya veo. Sabe que mi esposo es un prohombre de la sociedad bostoniana desde generaciones y los beneficios que saco de mis sesiones son puramente simbólicos. Mi función está encaminada a crear un lazo invisible entre los que han pasado al otro lado y los seres queridos que quedan en nuestro plano existencial.

—No estoy seguro de entender muy bien eso. ¿Con qué propósito?

—Usted, joven, debería saberlo mejor que nadie, siendo que trabaja para el gran Houdini. A veces los que nos dejan son arrebatados de nuestras vidas de manera inesperada o violenta. Buscan un medio para despedirse de sus seres queridos o brindarles algún mensaje que consideran importante. Pero básicamente lo que buscan los espíritus es tranquilizar los atribulados corazones que quedan aquí, ofreciéndoles cierta esperanza y sosiego de que están en un buen lugar, de que están bien. ¿Me entiende?

—Sí, creo que lo comprendo. Pero ello no deja de ser una oportunidad plausible para los ladrones de oportunidades que se apropian del dolor ajeno y desesperación de las buenas gentes para sacar tajada.

—Y por ello, señor Forsythe, le estamos agradecidos mi marido, yo, y toda la comunidad mediúmnica de la ciudad. Por favor, reléjese en esta sala y disfrute de nuestra hospitalidad. La sesión comenzará en breve.

Sin duda la señora Eusapia Palladino sabía cómo llevar a su terreno una conversación como mujer versada que era y no dejó de sorprenderme su aplomo y seguridad en cuanto a tener una comisión en su propia casa dispuesta a desenmascararla ante el mundo, si es que de una farsante se tratara. Tal vez fuera todo una pose. Arthur Conan Doyle me observaba desde el otro lado de la estancia deglutiendo a dos carrillos, con sus ojos incisivos de roedor.

Unos pocos minutos después, la criada hizo el anuncio de que la sala donde se realizaría la prueba estaba preparada. Esperé a Arthur a que se acercara para entrar juntos.

Mis ojos tardaron un instante a acostumbrarse a la oscuridad de la estancia. Toda sesión espiritista que se preciara en aquellos años requería de su puesta en escena. Aquella tenebrosidad impostada ayudaba a que los más impresionables bolsillos que acudían a la consulta dieran rienda suelta a la imaginación y la sugestión. Esto eran ingredientes esenciales para que los fantasmas acudieran en tropel a la llamada de la médium de turno.

He de reconocer que estaba expectante ante la escenografía que desplegaría Doña Eusapia, una de las comunicadoras del más allá más reputadas de Massachusetts. Una mediana mesa redonda ocupaba el centro de la sala, únicamente iluminada con velas dispuestas en diferentes rincones, todos ellos de cortinajes oscuros. El olor a especias exóticas daba cierto ambiente más esotérico si cabe, al conjunto de la escenografía. El fotógrafo Seaman, se situó trabajosamente en un pequeño rincón en el que se encogió como una ardilla.

—Pasen, señores, pasen. Acomódense todos alrededor de la mesa —invitó la anfitriona—. Las sillas están dispuestas para todos los invitados. No toquen nada, simplemente tomen asiento. Así, muy bien.

Yo mismo me senté junto a Arthur. Observé que todos mostraban sus manos sobre el tapete azul oscuro de terciopelo con los dedos extendidos. Todos estábamos físicamente conectados pues nuestros dedos pulgar y meñique conectaban con el sujeto inmediatamente dispuesto a izquierda y a derecha. Doña Eusapia dio unas palmaditas en la silla de su lado para que yo ocupase el lugar. Lo hizo con una sonrisa pícara que no me tranquilizó en absoluto.

—Así, muy bien. Todos unidos. Relájense y dejen que la energía fluya a través de ustedes de una manera natural y limpia. Sin malos pensamientos, es importante.

Ella, la médium, instruía a los asistentes. Arthur Conan, el señor Lovecraft, un estirado viejito con monóculo y con un bisoñé rubio que rozaba el ridículo llamado Williamson, su señora Peggy y un misterioso y corpulento joven que no me presentaron. Cosa inaudita por parte de la señora Palladino y yo mismo. El extraño fotógrafo del estirado Lovecraft estaba listo con su cámara de caja *Goerz Box Tendor*.

Aquel hombre sudaba copiosamente. El tal Seaman parecía estar mojado todo el tiempo. Aquel silencio entre tanta gente provocaba de forma pasiva una tensión de la que no estoy muy seguro de que fuese premeditada por parte de la espiritista.

Lo cierto era que con tanto cortinaje negro envolviendo la estancia conseguía, creo que, en todos los presentes, cierto desasosiego y turbación, no exenta de una falta casi total de referencias en cuanto a las dimensiones del lugar donde nos encontrábamos. ¿un efectismo más para perturbar la atención de los clientes más quisquillosos? ¿o tal vez ya empezaba a sentir la conexión con aquellos espíritus que nos visitarían? Una vela situada en una rinconera se apagó por sí sola.

—No separen los dedos entre ustedes por nada del mundo —aconsejó la anfitriona—. Cierren los ojos.

Así lo hicimos. Antes miré de reojo a Arthur pues no me explicaba como demonios íbamos a ser testigos del evento en caso de resultar fraudulento.

—Señora Palladino, disculpe, pero...—me apresuré a protestar, pues no me parecía correcto tener los ojos cerrados. Arthur y yo no estábamos allí para eso.

—Chssss, silencio joven. No los altere. Ellos están entrando... Entran en mí.

La pesada mesa comenzó a temblar. He de reconocer que a pesar de conocer los trucos del señor Houdini, no pude evitar cierta inquietud.

—¿Hay alguien ahí? —preguntó Eusapia a la nada.

De repente un golpe brusco y una sacudida cerca de mí me hizo abrir parcialmente mi ojo derecho. La señora había dejado caer su cabeza hacia atrás en una posición francamente difícil.

—Sí —la primera palabra emergió de la boca de la señora...pero no era su voz—. Mami, padre.

La señora Williamson prorrumpió en un llanto ahogado. Pude observar que su marido, a pesar de su gesto tenso no parecía inmutarse. Palladino siguió hablando:

—Vengo a decirte —esta vez la ronca voz de Eusapia era ciertamente de una naturaleza en absoluto femenina— que os echo de menos.

—¿Hijo, David, estas bien? —preguntó la supuesta madre del fantasma angustiada. Se escuchó el primer clic de la cámara de fotos

—Sí, madre, estoy bien. Solo quiero comunicaros que estoy bien. En un lugar mejor y en paz.

—Si en verdad eres mi hijo, dime; ¿dónde guardo el uniforme confederado de tu abuelo de la guerra civil?

—¡Cariño, no eres tú quien debe hacer las preguntas! ¡Vas a conseguir que se marche!

—Papa, "papi lindo", ¿no te parece que ya has ocultado demasiadas cosas por demasiado tiempo a mi madre? Quiero oír de tu viva voz pedirle perdón por todos estos años de desconfianza y como muestra de tu buena voluntad le obsequies con el paradero del uniforme confederado del abuelo. En una familia donde reina el resquemor y los secretos la felicidad huye por la puerta.

El señor Williamson, sin abrir los ojos, dejó caer su monóculo y las lágrimas anegaron su resquebrajado rostro. No obstante, tuvo la sensatez de acercarse a su amada esposa y susurrarle al oído el secreto mejor guardado de su familia, el cual me pareció en aquel instante absurdo.

—¿Ahora ya crees que he venido a visitarte? —inquirió el tal David a través de Eusapia.

Williamson asintió con una mueca en un gesto difícil de describir.

La mesa comenzó a ganar altura entre temblores que los demás sentíamos en nuestras manos apoyadas en ella. Se elevó unos escasos centímetros. Observé que Arthur introducía la mano bajo el mueble a la velocidad de una serpiente cobra para acabar mordiendo la pierna estirada y tensa de la señora Palladino.

Levantar una mesa de aquel calibre con una pierna no era cosa sencilla y requería, precisamente, de una musculatura entrenada y un equilibrio fuera de lo común.

La gruesa tabla redonda salió por los aires con estrépito y Eusapia cayó al suelo de espaldas.

La señora pareció salir de un trance del que no recordaba nada. Su gesto, sin duda, para los allí presentes movía a la compasión pues se le podría adivinar un desgaste, se diría que energético, al punto de hacerla parecer más vieja.

—Señora Palladino —la ayudé a levantarse—, ¿se encuentra bien? ¿recuerda algo de lo ocurrido?

Ella me miraba como si no me conociera. Se alzó de un salto y salió a la carrera mirando cada una de las caras entre lágrimas. Seaman no cejaba de hacer fotografías. Todos quedamos sorprendidos. El señor Palladino hizo acto de presencia.

—Disculpen a la señora. Estos trances siempre la trastornan, se pasará el día enferma entre temblores y fiebres, pero es tan altruista... Ella siempre quiere ayudar a aquellos que han perdido a sus seres queridos en la guerra, como es su caso, señores Williamson.

Todos los allí presentes entendimos el mensaje y en silencio, como un maldito rebaño de ovejas obedientes, nos dirigimos a la puerta de hoja doble. Pude observar que los Williamson quedaban rezagados en el vestíbulo. El señor Lovecraft me agarró con fuerza de mi brazo débil. Arthur estaba en el baño inferior de la vivienda.

—Señor Forsythe, no juzgue a la ligera las fuerzas a las que se enfrenta.

—¡Suélteme, me hace daño! Solo tratamos de descubrir a los farsantes, usted ya lo sabe. Todo Boston lo sabe —trataba de liberarme, pero aquel armario de carne con aquella mandíbula que parecía un arcón cerrado tenía una fuerza descomunal.

—Todavía no es consciente, ¿verdad? Hay algo en el barrio que está despertando y es cuestión de tiempo que usted tenga que hacerle frente. Vencer no solo lo que atisbamos sino confrontarse a sí mismo y sus miedos.

Nadie dijo que la vida era un camino de rosas, señor Forsythe, pero la muerte tampoco lo es. Algunos sabemos...cosas, otros las sufren.

Un auto *Ford Model T* de 4 puertas esperaba a H.P. Lovecraft. Soltó mi brazo tullido, giró sobre sus tobillos y subió al coche. Desapareció con su sonoro traqueteo en la niebla, que ya besaba el suelo adoquinado de la calle. No había rastro del fotógrafo. ¿En qué momento salió?

—Jimbo, ¿que te pasa?

—Nada, es que me he tropezado y he caído sobre mi brazo, Ya sabes lo resbaladizo de estos adoquines cuando cae la niebla. —Yo frotaba mi pequeña extremidad. Pasado un rato, Arthur y yo caminábamos pensativos—. Arthur, ¿de qué conoces al señor Lovecraft?

El genial escritor y médico me miró sorprendido.

—Pensé que te interesaría más mi opinión sobre lo que hemos visto hoy ahí dentro. —Señaló con el pulgar por encima del hombro.

—Eso también, Vamos por partes, si no te importa.

—Digamos que Howard y yo pertenecemos a un club.

—Esta maldita sociedad vive obsesionada con pertenecer a un grupo exclusivo al que los demás no puedan entrar. Hay cientos de esos clubs y sus reuniones clandestinas —apunté desengañado por completo—. Pensé que me ibas a contar algo más interesante.

—Bueno, eso que dices, Jimbo, sucede desde el principio de los tiempos. La pobreza existe porque es la manera de diferenciar a unas personas selectas de otras que no lo son. Si no hubiera miseria, amigo, no tendría sentido ser rico. Piensa en ello.

—No me has contestado, viejo zorro escocés.

—Tú también eres escocés, ¿qué dices? Es un club relacionado con prohombres de todo el mundo, y que nos reunimos de vez en cuando para contrastar cierta información.

—¡Si fuera un club de golf me habrías dado la misma respuesta! —me quejé encogiéndome de hombros.

—Elemental querido Jimbo... —Mi desvergonzado amigo cerró así la conversación, mesándose el bigote y alejándose hacia su casa—. Nos vemos mañana por la mañana en el hotel de Houdini. Me temo que ya tenemos a nuestra primera farsante.

Yo me dirigí a mi apartamento con una inquietud que no sabría describir. Las palabras de aquel gigantón habían tocado algún resorte dentro de mí. Y la celosa discreción de Arthur a su relación con Lovecraft me atribulaba más si cabe. La sesión de la señora Eusapia Palladino me tenía en un mar de dudas. Al parecer, Arthur lo tenía muy claro, pero la "emocionalidad" de los Williamson y aquella voz de inframundo emitida desde la garganta de la corpulenta Eusapia, me hacían pensar que mi amigo se equivocaba. Por suerte al día siguiente vería a Hui Yin. Ella y su opio borraría de un plumazo mi ceño fruncido...

# CAPÍTULO 3
## No es oro todo lo que reluce

Al día siguiente, en las inmediaciones del parque *Boston Common*...

—Sapi, querida amiga, estoy segura de que no se han dado cuenta. Siempre has sido muy hábil con los trucos —trataba de tranquilizar Mina a su amiga Eusapia Palladino.

—No lo sé...Yo estaba inquieta. Esos bastardos llegaron hasta con un fotógrafo, ¿te lo puedes creer? Casi me hacen quedar en ridículo ante el apuesto señor Lovecraft y Arthur Conan Doyle.

—Pero, Sapi, tú tienes la facultad de conectar con el otro lado. ¿Por qué no lo intentaste de nuevo?

—Sabes que hace tiempo, querida, que no se me presenta John King, mi difunto primer marido. Quizás me guarde rencor por haberme vuelto a casar. Hace años que no conecto con él, de ahí que para mantener mi estatus haya tenido que echar mano de viejos y burdos trucos.

—¡Pero no necesitas el dinero! Estas casada con alguien que perteneció siempre a la alta sociedad bostoniana.

—Mina, hace un par de años que la crisis que sufre toda la costa este afectó al negocio de mi marido. Mis sesiones ayudan y mucho a mantener cierto nivel.

—Pero Sapi; no entiendo cómo puedes llevar esa doble vida con el joven pintor que conociste el verano pasado. Debes tener cuidado, tienes demasiados ojos sobre ti.

—Oh, no te preocupes por Tommy, vive en el ático que heredé de mis abuelos y allí ejerce su arte. En parte es por él que debo cobrar por las sesiones de espiritismo. Un amante artista no es nada barato, ¿sabes?

Mina la miró de reojo y ambas explotaron en una risa muy poco decorosa para dos damas que pasearan por el parque más céntrico de Boston. Sin embargo, una sombra oscura nublaba el gesto de Palladino.

—Cariño —dijo Eusapia a su amiga tomándola del antebrazo—, no sé si lo percibes, pero algo...horrendo y diferente se cierne sobre nosotras. No sabría cómo explicarlo. No sé si es el tal Houdini o hay algo más. ¿Tendrás cuidado? De todas formas, estoy contenta, pronto todo cambiará.

—Lo tendré, Sapi, te lo prometo. Tengo a mi hermano que me protege, ¿recuerdas? ¡Y tú a tu artista! Así que no creo que debamos preocuparnos en exceso, querida.

Ambas rieron en un esfuerzo por contener la carcajada.


Mientras tanto, en el Hotel Parker House:


—¿Y bien, caballeros? —fueron las primeras palabras que Houdini espetó a nuestra cara. Arthur fue más educado.

—Buenos días, Harry. Eusapia Palladino es una impostora de tomo y lomo.

—Pero, ¿estás seguro de eso, Arthur? —interrogué ante mi sorpresa de tan frívola aseveración—. Es una acusación de la que deberíamos tener pruebas contundentes. Puedes hundir, no solo la carrera y vida social de la madame, sino que esto podría afectar al negocio de su esposo.

—James, déjalo que se explique —intercedió por mi amigo el señor Houdini—, estoy seguro de que no habla por hablar. ¿verdad, doctor?

—Así es Harry. Cuando todos los invitados estabais saliendo por la puerta recuerda que yo quedé rezagado. Entré al baño sin que los Palladino o su servicio se dieran cuenta de ello. Lo hice a conciencia y de hecho me entretuve más de la cuenta, al punto de que todos creían que estábamos ya en el exterior del palacete.

Yo lo miraba con la boca abierta. Era un viejo zorro, sin duda. Houdini sonreía malicioso y ambos se recreaban ante mi asombro.

—¿Qué escuchaste, Arthur? —inquirí.

—El señor Palladino no estaba presente, pero la señora Williamson y la señora Eusapia si, y bien cerca del aseo donde yo esperaba. La cliente Williamson quedó por un segundo con la médium a solas, o eso creían. Pude escuchar de viva voz que la Williamson contaba:

*"Ya lo tenemos, querida. Ese vejestorio por fin a vomitado lo que tantos años lleva ocultándome. El andrajoso uniforme gris del abuelo está localizado"*

Yo asomé mi perspicaz ojo por la rendija de la puerta y pude observar la sonrisa lobuna de la señora Williamson acompañada de unos ojos que despedían chiribitas. Acordaron verse hoy en la noche a la orilla del rio *Charles*.

—Me...van a perdonar, caballeros. Pero no entiendo nada —admití a mi pesar— ¿Qué importancia puede tener el paradero de un uniforme polvoriento de casi cuarenta años de antigüedad?

—James, el padre del señor Williamson era confederado, ¿hasta ahí bien? —comenzó su explicación mi jefe, Harry Houdini. Yo asentí con precaución sin saber a dónde iba a parar aquello—. En la famosa batalla de *Wilson´s Creek* en Missouri, que fue una gran victoria para los sudistas, este señor Williamson se dedicó, por decirlo de una forma suave, a tomar su botín de guerra particular.

—Cuenta la leyenda — se sumó a la clase de historia el rimbombante Arthur— que las joyas que consiguió en aquel pillaje se guardan en el forro de aquel uniforme de cabo sureño. Obviamente la esposa de Williamson conoce esta historia y también Eusapia. Ambas urdieron un plan bastante bien tejido y mira por donde, les salió bien...Al menos hasta ahora.

—¿Estás diciendo que la señora Williamson quiere robar a su propio marido aprovechando la circunstancia de que su hijo murió? ¿se supone que le hace creer al viejo que Eusapia, cuya amistad con su propia esposa desconoce, se ha puesto realmente en contacto con el espíritu de su hijo David? y ¿que David le ha pedido a su padre que se deje de secretos con su mujer , su madre, porque ella sufre de este tipo de desconfianza e incluso el padre corre riesgo de acabar en lo más profundo del infierno?

—Básicamente, pipiolo —balbuceó Arthur.

—¿Pero se repartirían el botín entre Eusapia y la esposa?

—Sí. Eusapia tiene un amante en la Avenida Harrison. Un artista con menos talento que un pollo esquizofrénico. Quiere fugarse con él a Paris y dejar a su marido en la situación delicada que se encuentra ahora con la crisis...solo que más delicada. Apostaría a que la señora Williamson tiene algo parecido a la escapatoria de Palladino.

—Arthur —le espeté—, ¿qué me dices de aquella voz gutural que salió de la garganta de la señora Palladino? ¿Cómo lo explicas?

—Esto no es muy conocido, pero en su juventud la señora Palladino fue soprano en Europa. Puede conseguir una inflexión de voz espectacular, aunque su asma le impidió desarrollar su carrera.

—Arthur —intervino Houdini—, me sorprende lo en serio que te has tomado tu función de otorgar el premio de cinco mil dólares a la perfecta médium.

—Muy bien, puede que acepte esa explicación —asumí—, pero estoy seguro de que tú, al igual que yo, no cerraste del todo los ojos y pudiste ver cómo volaba por los aires aquella mesa redonda.

Arthur suspiró pesadamente;

—Eusapia Palladino tiene por costumbre, desde hace mucho tiempo seguramente, ejercitar sus músculos con unas pesas que tú mismo pudiste ver en la puerta entreabierta contigua a la sala de espiritismo. Mantenía sus piernas estiradas con las que pudo "hacer levitar" el mamotreto en el momento de la sesión. Es una señora muy fuerte, amigo. En el momento que salió expulsada hacia arriba la mesa fue porque yo osé apretar el muslo de ella.

—¡¿Que tú hiciste...?!

—Lo tenía totalmente estirado y en tensión. Es todo una pantomima, querido Jimbo.

—Está bien —terció Houdini—. Hoy mismo me pondré en contacto con la jefatura de policía. Lo más seguro es que estén pendientes de la rivera del rio para atrapar in fraganti a la señora Williamson pagándole a Eusapia con parte de las joyas confederadas. —Yo no daba crédito. Había sido tan ingenuo...—Mañana mismo tenéis una nueva misión.

Arthur y yo nos miramos sorprendidos.

—La señora Crandon es el siguiente objetivo. Mina Crandon —finalizó la frase Arthur Conan Doyle. Houdini Asintió guiñándome un ojo.

Salí de allí algo turbado. Me despedí de Arthur en la salida del hotel y me dirigí hacia el apartamento de Hui Yin, tal como le había prometido el miércoles anterior.

Quedé en la calle oteando a través de la ventana desde la que se adivinaba la figura grácil de mi amante. Yo apuraba un pitillo. Por primera vez me preguntaba cómo era posible que una mujer de su elegancia se ganara la vida en un fumadero de opio. No me encajaba. Deseché ese aguijoneante pensamiento sin digerir y ataqué las escaleras de su puerta.

Su mirada se iluminó en cuanto me presenté. Estaba radiante. Yo quería haberle contado tantas cosas esa noche...pero con ella siempre era igual; la diversión llegaba siempre demasiado pronto sin que yo tuviera un simple resquicio por el que introducir cualquier conversación normal. Sí que hablábamos, por supuesto, pero siempre fue un tipo de palabrería superflua e irrelevante. A menudo he llegado a pensar que todos sus movimientos estaban perfectamente automatizados y orquestados para que; ni yo ni nadie llegará nunca al verdadero interior de Hui Yin. Su sonrisa, siendo luz, me apagaba tantas palabras...y aquella noche no iba a ser diferente. Pasaron los minutos, las horas, entre copas verdes de absenta y pipas ocres requemadas que armonizaban con un baile de dulces volutas de opio, arremolinadas por la pequeña estancia. Fundidos en un algo pulsante hicimos el amor una y otra vez. Nuestra voracidad primigenia se devoraba a sí misma como una infinita *Uróboros* en una ensoñación convulsa y que palpita insaciable, enfermiza y demoniaca. La humareda danzaba acompasada y se tornó burdeos, como ánimas de gotas de sangre volátil, al ritmo de cada embestida de mi cadera acogida por Hui Yin.

No pude discernir entre visión y realidad...tampoco importaba. Hui Yin era real y no cabía explicación, ni siquiera pensamiento alguno en aquella pequeña estancia, que en aquel momento fue eterna y única.

Un grito.

Al otro lado de la cortina bamboleante un alarido resquebrajado penetró nuestro momento como un punzón helado. Hui Yin y yo nos miramos. Algo dentro de mí conectó con aquello y los vellos de mi nuca se erizaron eléctricamente.

Hice amago de levantarme de encima de ella, pero me agarró por los brazos.

—No, James —negó con la cabeza ligeramente. Entonces no pude hurgar en aquella frase tan corta y tan llena a la vez. Pero algo me impelía a acudir en dirección al rio, de donde procedía el grito.

Hoy sé que nunca debí apartarme del abrazo de la chica. Tal vez los acontecimientos no se hubieran sucedido como lo hicieron.

Salí de la habitación poniéndome las botas a la carrera y descendí por las escaleras a toda prisa. No estaba muy seguro de hacia dónde me dirigía, pero debía alcanzar la rivera del rio Charles.

Llegué hasta el agua y allí no había nada, nadie. De repente un segundo quejido casi inaudible consiguió poner mis pies en dirección sur.

La noche cerrada lo devoraba todo, hasta mi sentido de lo que es real y lo que no. Claro que esto podría atribuirse a la ajetreada velada en el apartamento de Hui Yin. De pronto pude discernir un bulto indefinible desde allí que acariciaba el agua tímida del rio. Me acerqué más con miedo que con cautela. Cuando estuve lo bastante cerca advertí el cuerpo inerte de la señora Palladino. Quise tomarle el pulso en el cuello. Aunque todavía estaba caliente no percibí pulso alguno. Estaba muerta. De repente un movimiento rápido, pesado, de pez grande introduciéndose en el agua se sacudió ante mí. Conseguí atisbar por el rabillo del ojo una masa gris, informe, pero poco más. Fue todo demasiado rápido. Una figura esbelta, oculta por las tinieblas trágicas de aquel rio infecto me observaba desde la distancia. El humo tenue de su cigarrillo lo delataba. Se acercó con paso firme hacia mí. Yo retrocedí torpemente tropezando con el cuerpo de Palladino. Esto me hizo caer de espaldas cerca del rio. Estaba asustado, ¿cómo no estarlo? Cuando traté de alzarme algo o alguien por detrás y desde el agua me atrapó por el cuello con la clara intención de asfixiarme. El hombre alto que se acercaba se detuvo. Parecía confuso. Aunque no pude verle el gesto pude deducir que se trataba del señor H.P. Lovecraft.

Este lanzó el pitillo al suelo y lo aplastó con la suela.

—¡Señor Lov...! —traté de pedir ayuda. Mi garganta se cerraba por momentos. La falta de aire no me dejaba pensar con claridad. ¿Era una sonrisa lo que veía en la oscura silueta de Lovecraft? Aquello era una locura.

El fuerte olor a pescado invadía mis fosas nasales. Mis manos asían el antebrazo opresor de la criatura. Recuerdo que me sorprendió el tacto resbaladizo de mi ejecutor. Finalmente traté de tomar el paraguas que siempre portaba la señora Palladino, pero tenía una correa en torno a la muñeca del cadáver que me impedía atraparlo. Aquellos ojos sin vida me miraban desde el más allá...juzgándome y declarándome culpable de mi inocencia.

Olvidé tras varios intentos, de soltar la correíta de la muñeca gruesa de carne inerte y mojada y decidí tomar el brazo pesado de la mujer. De este modo logre golpear a mi atacante en el momento en el que casi perdí la consciencia. Este, sorprendido, emitió un gruñido y desapareció bajo la negra miasma tenebrosa del rio Charles. Quedé unos segundos tendido boca abajo sobre mis codos.

A cierta distancia pude discernir lo que parecían los típicos silbatos de los guardias. Sí, eran los policías que estaban aguardando, precisamente el trueque entre la señora Palladino y la señora Williamson que todos esperábamos esa noche. Cuando mi terror consiguió darme una tregua pude voltear el cuello para observar si Lovecraft seguía contemplando la escena. Allí ya no había nada.

Finalmente perdí el conocimiento. Quien piense que cuando la víctima entra en este trance, queda tranquila está muy equivocado. Aquel desfallecimiento me introdujo en un reino oscuro, húmedo, abisal, de desesperación, horror y desolación absolutas. Bestias olvidadas hacía eones por el mismo Dios y cuyas miradas provistas de un odio atemporal te mordía desde dentro. Una dentellada de uno de aquellos seres indefinibles, gelatínicos, hincaba sus fauces en mi brazo inservible.

Desperté entre gritos. Era la señora Flint quien me agarraba. La pobre trastabilló con espanto ante mi súbita reacción de locura.

—Cálmese, Gertrude. Es la medicación. Retírese. El señor Forsythe ya se encuentra mejor. ¿No es así, Jimbo? Llevas inconsciente unas cuantas horas. El matasanos Proctor te ha echado un vistazo y ha dicho que solo tenías que guardar reposo.

No contesté a Arthur en ese momento. Estábamos en su casa. Yo trataba de limpiar "no sé qué" de mi propio cuello. Lo sentía sucio.

—¡Arthur, la señora Palladino!

—Sí, sí. Lo sé, muchacho, Por desgracia no hay nada que hacer ya por ella.

Bebí un largo trago de agua.

—¿Lo atrapásteis?

—¿Si atrapamos a quién? —musitó Arthur mientras se servía un vaso de escocés.

—¡Mi agresor! ¡El asesino de la médium!

—Allí no había nadie...mas que tú.

—¿Qué insinúas? ¡¿crees que yo he intentado estrangularme a mí mismo?! —Aparté el cuello de mi camisa para que Arthur pudiera ver la marca rojiza alrededor de mi garganta.

—No, y es por eso que te libras de estar en mi casa y no pasar el resto de la noche en un calabozo. Es muy pronto para determinar la muerte de la señora Palladino, aunque sí tiene marcas de haber sido asfixiada. Los dedos del agresor están marcados en torno a su cuello.

—¿Cómo sabes esos detalles? ¡No estabas allí!

Arthur dio un largo sorbo del líquido ambarino.

—La policía de Boston me sugirió que les ayudara en ciertas investigaciones. Tan solo como asesor. El comisario es un fan de mis historietas de Sherlock Holmes en el diario y piensa que mis dotes detectivescas podrían arrojar luz a algunos casos sin resolver. Por eso me concedió ciertos detalles del suceso en el rio con Doña Eusapia tan prontamente.

—¡Eso es ridículo! Tú eres escritor y médico. ¡Inventarte un personaje como el de Sherlock no te convierte en detective privado! Es Absurdo. Todo en esta ciudad lo es...Anda dame un trago de oro líquido.

—Así habla un escocés.

Esa madrugada, en la comisaría central de Boston, un agente me acompañó al despacho del capitán Foley, un señor mayor que por alguna razón me hacía pensar que ya se había retirado de aquella posición hacía mucho...aunque ocupase aquel bureau. La ciudad de Boston siempre había sido un lugar tranquilo.

—Tome asiento, señor Forsythe —Obedecí. Tras unos largos minutos, el capitán se dignó a hablar de nuevo—. Sabemos que no fue usted. ¿Llegó a ver al posible estrangulador de la señora Palladino, joven?

—No...no. Fui atacado por la espalda y forcejeé con...mi atacante durante un buen rato. Casi logra asfixiarme, capitán.

—No hay huellas en la vera del rio de forcejeo alguno. Ni suyo, ni de la señora.

—Me tomó del cuello desde el agua. Creo, creo que me esperaba dentro del rio.

—¿Cómo dice? ¿Mire James, puedo llamarle James? Llevo treinta años en el cuerpo de policía, dieciocho tras esta mesa. No quiero ni oír hablar de que haya un asesino suelto en la noche de Boston. Necesito de su cooperación. Así que deje de decir incongruencias y ayúdeme. Ayúdese a sí mismo.

—¿Cómo?

—¿A quién protege? ¿conoce al autor del asesinato?

—¿Pero que dice? ¿Se ha vuelto loc...? —decidí no seguir por ahí la conversación-interrogatorio.

—¿No esperará que me crea que alguien puede estar sumergido en el agua esperándolo solo para atraparlo por el cuello y estrangularlo? No tiene sentido. Además de no existir hombre capaz de resistir un tiempo prolongado sumergido. Solo conozco a alguien capaz de hacer eso que usted insinúa: Harry Houdini.

—¡Él jamás! —aquello me alteró sobremanera. Yo admiraba a aquel hombre.

—Cálmese, James. Tenemos todavía que interrogar a mucha gente. Pero necesito que me dé algo. Otórgueme un hilo al que asirme y acabar con esto lo más rápido posible. No me complique.

Aquello me sonó más a amenaza velada que a petición cortés. Me inquietó y me retrepé en la silla incómodo.

El observar los restos de cigarrillo *Lucky Strike* en el cenicero del capitán hizo que me tragara las palabras que iba a comunicar. Era del mismo tipo que el propio Lovecraft, el hombre que me había atajado cerca del rio, fumaba aquella fatídica noche. Seguramente esos cigarrillos los fumaba más gente, pensarás, pero había algo chocante en aquellos restos. El cigarrillo no estaba terminado y permanecía quebrado en ángulo recto, tal y como el escritor lo había tirado cuando me abordó aquella misma noche en la sesión espiritista.

—Capitán. Algo o alguien me atacó desde el agua. Ya se lo he dicho. No sufro alucinaciones.

—Bueno...no es eso lo que me han contado de usted —me pareció leer en aquel cebo que el policía me había tirado, sus sospechas sobre mi adicción al opio. Él miraba por la ventana, de espaldas a mí.

Aquello me enfureció. ¿cómo podría hacer creer a nadie que mi atacante y asesino de la señora Palladino había surgido del agua de la misma manera que había desaparecido?

—¿Y qué hay de la señora Williamson? ¿Se supone que doña Eusapia Palladino se iba a encontrar con ella?

—Fíjese en la diferencia de tamaño de las dos amigas. Williamson apenas pesa cien libras, la mitad de la italiana muerta. Dudo mucho que pudiera estrangularla. Además, ya he hablado con ella y con su esposo. ¡Aquel hombre sí que la quería matar! Esa mujer ha tenido que irse a casa de su madre. No es ella. Estoy seguro.

—Si no tiene nada más que preguntarme, señor Foley, le ruego me disculpe, me gustaría descansar en mi casa lo que resta del día. Aun me duele la garganta.

—Está bien, Forsythe. Descanse. No salga de la ciudad. Le recuerdo que estamos en mitad de un caso de asesinato. Lo más curioso...— frené en el marco de la puerta. Foley seguía mirando por la ventana.

—¿Qué? ¡dígame, por el amor de Dios! —me desesperé.

—Las marcas de asfixia de aquellos dedos en el cuello de Palladino, aquellas manos grandes...han desaparecido como por encantamiento...al igual que su hígado. Nunca vi algo así.

# CAPÍTULO 4
## Walter

Me encaminé hacia el apartamento de Hui Yin con rapidez y con cierto aturdimiento por efecto de las palabras que el capitán de policía había vertido sobre mí. Apuesto que para comprobar mi reacción. Posiblemente la asiática estaría preocupada al abandonarla aquella noche de forma precipitada.

Era bien entrada la mañana cuando me adentré en el oscuro y húmedo apartamento. La disposición del edificio hacía que estuviera en penumbras la mayor parte del tiempo, bonito agujero. Hui Yin no estaba. Comprendí que estaría más enfadada conmigo que preocupada. Quizás las dos cosas a un tiempo, no la culpé. Pensé en acudir al fumadero de opio más tarde para hablar con ella, la mañana despuntaba y yo todavía no había pegado ojo. Con ese pensamiento caí rendido como un tronco sobre el catre.

—¡Jimbo, despierta, despierta! ¡Dios mío, que aspecto tienes! ¿has estado fumando...?

—Hola Arthur, no, no, nada de eso. ¡Augh! Siento la cabeza como si me hubieran golpeado con un yunque —balbuceé—, ¿cómo demonios has...?

—Te dejaste la puerta abierta. La verdad es que cuando te dejé a las puertas de comisaria parecías más un reo que un posible testigo. Toma te he preparado un té especial.

—¡Puagh! ¿qué diablos...? Esto, ¿lleva whisky?

—Sí, niño. Es mi brebaje *levantamulas.* Tranquilo, en unos minutos casi parecerás humano —Arthur me guiñó un ojo—. Mete la cabeza bajo el agua anda, que tenemos prisa.

—¿Prisa? —inquirí— ¿A dónde vamos?

—Hoy visitaremos a la señora Crandon. ¿es que lo has olvidado? ¡Mina!

Saqué mi cabeza chorreando de agua fría y el escritor me tendió una toalla.

—Arthur, ¿han interrogado al esposo de la señora Palladino?

—Sí. Esta consternado. Él no ha tenido nada que ver. Esta como ido. No sé si se recuperará de un golpe como ese.

—Me gustaría hablar con él.

—Jimbo, no creo que sea buena idea. Es mejor que te mantengas al margen de ese asunto. Claramente todo esto tiene que ver con las joyas robadas al señor Williamson.

A pesar de las palabras de mi amigo, no aparté aquel pensamiento de mi cabeza. Trataría un acercamiento a la mansión Williamson después de la sesión, pero antes debía hablar con Hui Yin.

Tomamos un taxi para llegar a la casa del matrimonio Crandon.


—Arthur, háblame más de tu amigo Howard Lovecraft. Me parece tan...

—¿Siniestro?

—Sí, exacto. Convendrás conmigo en que no es precisamente un tipo muy sociable.

—¿A qué viene ese repentino interés por nuestro larguirucho amigo?

—Arthur, si te cuento algo, ¿me prometes que guardaras el secreto? —esto lo dije mirando de reojo al conductor, que parecía absorto en el tráfico. El escocés asintió con gesto serio.

—El señor Lovecraft me observaba cuando di con el cuerpo de doña Eusapia desde las sombras. Su fisionomía...su silueta, es inconfundible aunque no le viera la cara.

—¡Jimbo, vamos! —me soltó una palmada en el muslo que me sobresaltó—, ¿estas insinuando que el gigantón tímido ha tenido algo que ver con el suceso del rio? Olvídalo.

—Quería comentarlo contigo antes de decírselo al capitán Foley.

—Eso no puede ser. Te he dicho que lo olvides.

—Arthur, fumaba el mismo tabaco aquella figura que ese tal Lovecraft. Además...

—¡Déjate de pamplinas! ¿Además qué?

—Juraría que su amigo, el fotógrafo, era quien me quería estrangular desde el agua. Creo...creo que lo sorprendí y se lanzó al rio para ocultarse cuando yo llegué.

—Eso no tiene sentido. ¿qué motivos podrían tener Howard o el fotógrafo para cometer un crimen así? ¡¿sabes que le faltaba el hígado a esa mujer?! ¡por Dios, James!

Nunca había visto a Arthur Conan tan alterado. Intuí que no quería seguir conversando sobre lo que para él sonaba como una auténtica aberración. Hasta el taxista cejó en su silbido melodioso.

—Arthur, ¿qué clase de monstruo puede arrancar el hígado a una señora y marcharse con él por las calles concurridas de Boston sin que nadie se dé cuenta?

—Esa es una buena pregunta, querido. Una buena pregunta...

No tardamos demasiado en llegar a Lime Street, el domicilio del matrimonio Crandon. No sé por qué razón sentía cierta inquietud en la boca de mi estómago.

—Chico, ¿te encuentras bien? —interrogó Arthur tomándome del brazo.

—Sí, ¿Por qué?

—Estas más pálido que mi inodoro.

—Debe ser que ha pasado mucho tiempo desde la última vez que probé bocado.

—¿Seguro que no es eso que fumas?

Ignoré su sospecha. A veces Arthur era en verdad poco escrupuloso en sus aseveraciones. Creo que disfrutaba con ello.

—Entremos de una vez, ¿eh? —le conminé extendiendo mi brazo a modo de invitación por las breves escalinatas de acceso al inmueble.

Nos recibió un señor con poco pelo y bastante alto. Casi podría decir que era un doble de mi amigo Arthur. Nos presentamos, era el doctor Le Roi Goddard Crandon. Esposo de la espiritista.

—Adelante caballeros, permítanme tomar sus abrigos. Son de la Sociedad Científica, ¿verdad?

—Sí, Doctor Crandon, así es —Alegué.

—Entiendo. Permítanme que les sirva una copa mientras Margery se prepara para la sesión de esta noche.

Decliné el ofrecimiento del señor Crandon, no así mi amigo.

—¿Ha dicho...Margery, Doctor Crandon?

—Sí, bueno; es así como se le conoce en los círculos espiritistas.

Nos adentramos en una estancia algo mayor que en la que nos recibió la señora Palladino hacía dos noches. La habitación no estaba exenta de cortinajes oscuros, aunque no excesivos en comparación con la casa de la italiana. Encontré bastante gente alrededor de lo que suponía que sería la mesa en la que tendría lugar la "conexión" con el otro lado. Algunos de los invitados estaban departiendo animadamente con una copa en la mano como la de Arthur. La humareda de los cigarrillos comenzaba a ser importante. Aquello me recordaba más a un salón de juegos del casino. Solo faltaba un tapete verde, una baraja de cartas y algunos tipos malencarados con pistola bajo la chaqueta. Pero nada de aquello se adivinaba allí.

Una leve música de cámara hacía mecer las volutas de tabaco expirado en una danza hipnotizante que convertía aquello en una experiencia quasi onírica. En no sé qué momento emergió entre la niebla una figura estilizada de pelo rubio y atuendo rojo rubí. Entre el humo y mi débil disposición la figura aparecía ante mí como un fantasma lejano, de otro tiempo. Pude voltear la vista por un instante ante Arthur que me sonreía divertido, me guiñó un ojo y apuró su copa.

Cuando volví mi rostro al frente, un suave gesto cerámico me estudiaba a escasos centímetros de mi nariz. Di un suave respingo. Ella sonrió divertida.

—Tranquilo, joven —osaba llamarme joven, cuando ella apenas pasaría de treinta—, los espíritus no han hecho acto de presencia...aún.

Tomó una calada de su larga boquilla de marfil y disparó el humo contra mí.

—Disculpe Margery —se me adelantó Arthur—; este es James Forsythe, adjunto del señor Houdini y que junto a mí, como ya habrá sido informada, formamos parte del comité de la Sociedad Científica.

—Arthur Conan Doyle, ¿verdad? —inquirió Mina "Margery" Crandon—, nos honra con su presencia, he leído algunas de sus historias. Será divertido verle cómo imita a su propio personaje, ¿como era?

—*Sherlock Holmes*, señora —añadí yo con cierto aire quisquilloso, admito, fuera de tono.

Ella sonreía insolente, pero estábamos en su casa. Contuve a duras penas mi, admito, mal carácter.

—¡Vaya, vaya, esto va a ser divertido! —dijo ella divertida— ¿Por qué no va a que su mamá le arrope, señor... ¿cómo era? ¿Joseph? Tiene aspecto de orinarse en los pantalones en cuanto ve un asombra detrás de la puerta de su dormitorio en mitad de la noche —ella agarró fuerte mi brazo débil y acercó sus labios a mi oído—. Sepa bien, joven, que a veces lo visitan a usted y el opio no tiene nada que ver, como prefiere pensar...

Yo tomé su boquilla y di una larga calada depositándola de nuevo en su boca con suavidad y expulsando el humo.

—Pero ¡¿qué haces, Jimbo?! —Arthur miraba a un lado y a otro, temiendo que el marido de la Crandon irrumpiera en la habitación y me descubriera desafiando a su esposa en su propia casa.

—No me gustan los juegos, señora. No me juzgue a la ligera.

Nadie de los allí presentes parecía escandalizarse por mi reacción.

—¡Vaya! ¡Eres una caja de sorpresas...Jimbo! —aquel espectáculo era del todo punto intolerable en aquellos años veinte en una reunión de sociedad. Era más propia de los suburbios bostonianos.

Lo de "Jimbo" no me hizo gracia y miré con ojos acusadores a Arthur, que levantó las manos divertido negando como si lo apuntara con una pistola.

Margery se apartó de nosotros, impregnándome con media sonrisa. Contoneaba su voluptuosa cadera bajo su kimono de seda. Aquel movimiento felino de una cadencia imposible me concienció de mi erección, aunque creo que ya estaba allí cuando ella expulsó el humo de tabaco sobre mis labios. Conforme se alejaba en dirección a la mesa central me indicaba con el dedo índice que la siguiera. Así lo hicimos Arthur y yo.

—Quiero darles la bienvenida a todos y agradecerles el que hayan sacado tiempo y coraje para acompañar a mi esposo y a mí en esta noche tan especial. Como siempre digo: Sabemos cómo comienza el viaje, pero nunca como va a terminar—. Volteó la mirada hacia el doctor Crandon, que ya había hecho acto de presencia junto a su vivaracha esposa.

—Solo les pedimos, amigos, que guarden el máximo respeto por nuestros...digamos, "otros invitados" y bajo ninguna circunstancia hagan chanza de lo que van a experimentar hoy. Si les respetamos, ellos nos respetaran.

Estábamos unas doce personas entorno a la redonda mesa de roble, en pie y unidos por nuestras manos a modo de extraña hermandad. Inquietante.

Si conoces esa sensación leve de que alguien ha posado sus ojos en tu nuca sabrás a lo que me refiero; un sujeto, que permanecía de pie, como otros, tras los doce invitados a participar de aquella mesa consiguió que girase mi cabeza para confrontar su mirada. Un estremecimiento de esos que percibe uno cuando se pones los vellos de la nuca de punta es lo que sentí. Mina, a mi lado, presionó mi mano, para que me voltease de nuevo y prestara atención. Mentiría si dijera que no había cierta complicidad desde el principio entre ella y un servidor.

Me avergonzaba en cierto modo que la señora Crandon me tomara por mi brazo inútil...tan débil. Me sorprendí a mí mismo devolviéndole aquel apretón en un infantil intento de demostrar mi hombría. ¿Inmaduro? Sí. ¿Impropio de mí? También.

Al otro lado de Margery, tal y como su esposo nos había indicado que se le conocía a Mina Crandon en el mundo de las médium, se hallaba Arthur.

En el centro de la mesa se encontraba una pequeña cajita de madera de pino. El doctor Crandon la destapó y volvió a tapar, mostrando así que se trataba de una campanita dorada sin ningún tipo de filamento atado a ella. No tardaría en comprender a qué se debía la presencia de tan inusual artefacto.

Alguien cerró la entrada del salón a mi espalda y las luces artificiales se apagaron dejándonos al numeroso grupo en un silencio sepulcral y rodeados de pequeñas y titilantes llamas danzantes en cada una de las velas dispersas. No sabría muy bien a qué atribuir mi sudor: si a los nervios o a la humedad tibia que allí se respiraba. Notaba las gotas resbalando por mi espina dorsal como ardillas descendiendo por el tronco de un árbol. Me revelé a mí mismo nervioso y me esforcé por no transmitir mi emoción al resto de invitados. Qué circunspectos estaban todos...Todos menos ella. Ella brillaba como una única luz en el infierno de tinieblas a la que asirse débilmente si uno no quería empezar a perder la razón. La razón resultó ser un bote salvavidas tan débil como engañoso para lo que apenas comenzábamos a vivir en aquellos días. Yo puse mi pie cruzado con el de Mina y Arthur hizo lo propio con el suyo y el de la señora.

Margery cerró los ojos y habló.

—Os recibimos en nuestra humilde morada con el corazón abierto y dispuestos a escucharos, en cualquiera de vuestros ruegos que tengáis a bien hacernos en la noche de hoy —no hablaba con los invitados de aquel día...al menos no con los vivos—. Os escuchamos y os sentimos.


Un silencio más allá del silencio mismo cubrió la estancia como un velo gigante que lo oculta todo, inquietante como la calma chicha que precede la tormenta...

Mina-Margery sonrió y aunque debíamos mantener los ojos cerrados y la mente libre de toda imagen y prejuicio, tal como nos había indicado previamente la médium, mi incorregible curiosidad hacía que no perdiese detalle de cada movimiento suyo. Aquella sonrisa luminosa hacia la nada me conmovió.

Ella echó la cabeza hacia atrás, mostrando su garganta marmórea para, al instante y en un movimiento tan fugaz como incomprensible, quedar con su gesto mirando hacia abajo, con los ojos abiertos y como quien observa un tenue movimiento en el interior de un pozo sin fondo. Cerró los ojos de nuevo. La campanita dorada del interior de la caja, en el centro de la mesa, repiqueteó claramente. Este hecho me dejó pensando, sin capacidad de reacción.

No era como en las sesiones a las que yo mismo había acompañado al señor Houdini, en las que una campana similar se hacía sonar por medio de un fino hilo de pesca atado al dedo gordo del pie...Allí no había conexión alguna entre el objeto y la Crandon. Yo mismo bloqueaba con mi pie el suyo y Arthur hacía lo propio en el lado izquierdo.

Alguien me dio una cachetada para que bajara la cabeza y cerrara los ojos. Para mí el mensaje era claro. Sorprendido por lo rudo del gesto controlé mi temperamento e hice lo que se esperaba de mí.

En ese mismo instante escuché un leve gorgoteo del lado de la señora. No pude evitarlo y por el rabillo del ojo pude ver cómo de su nariz brotaba una especie de fluido gelatinoso. Se movía con vida propia y lucía un color indefinible, que caía y se acumulaba en su hombro como un órgano palpitante y repulsivo. Yo no comprendía muy bien cómo gestionar aquello en mi atribulada mente. Sentía un sofoco más propio del mes de Julio que me atenazaba el cuerpo entero. Las gotas de sudor seguían resbalando por mi columna vertebral. El aire que tomaba era casi espeso. Repentinamente, una sensación gélida se apropió de la estancia. Aquello era de locos. Yo seguía sudando, pero había empezado a temblar debido a la bajada de temperatura tan drástica. La campanita salió despedida contra la pared.

—¡¿Por qué no os dedicáis a vuestras asquerosas vidas y os vais de aquí, malditos hijos de mala madre?!

Aquello me paralizó. Margery había pronunciado aquella amenaza con una voz plenamente masculina en una modulación imposible.

Pude cerciorarme de que el gesto de la joven era de estar dormida profundamente. La fuerza con la que me agarraba la mano empezaba a hacerme daño.

—No, otra vez no... —musitó el doctor Crandon.

—¡Cállate maldito bastardo! Mira lo que le has hecho a mi hermanita. ¡Cerdo egoísta y avaro!

El señor Crandon se alzó lanzando su silla hacia atrás de manera involuntaria. Pude observar la cara de pasmado de Arthur, que intercambiaba una rápida mirada conmigo.

Una fuerza inconmensurable expulsó el pesado cuerpo de aquel doctor contra la pared, dejándolo totalmente inconsciente. Arthur se apresuró a atenderle con el gesto demudado en horror. Yo traté de desasirme de la presa de Margery pero no pude, en parte porque era mi brazo débil el que atrapaba, en parte por su incomprensible fuerza.

Pude sentir una respiración excitada en mi oído izquierdo. Cerré los ojos y no quise ver. Alguien o algo trataba de tal vez... impresionarme.

—¡Walter, basta ya! Es mi esposo y yo lo escogí —Margery había recobrado su voz—. Debes dejar que yo tome el control de mi vida. Hoy hay aquí más personas que están esperando contactar con sus seres queridos. Con la gente de la que no ha podido despedirse.

—¿Y yo qué? ¿Qué hay de mí? ¿A caso no soy un alma en pena? ¿Dónde "vive" mi sitio? ¿Qué pasa con lo que yo necesito? —Desde la garganta de Margery, su supuesto hermano se defendía. Pude descubrir que la vibración sonora de este se producía a través de la masa extraña posada en el hombro de ella y que conectaba con su boca y nariz—. ¡Ni uno solo de los que estáis aquí merece ocupar el lugar que tiene, malditos seáis todos!

Todas las velas de la gélida habitación se apagaron de súbito. Algunas personas atendían al doctor Crandon, otras permanecían paralizadas en pie, alejadas de la mesa. Solo yo quedaba fundido a la mano de Margery, aunque una fascinación difícil de describir me mantenía sentado junto a ella.

De pronto y sin previo aviso, la médium se puso en pie de un salto, me tomó por las solapas y me empujó contra la ventana haciendo saltar los cristales de la misma, que se precipitaban al vacío en aquella oscuridad mortal. Yo estaba totalmente paralizado y absorto en la mirada oscura de Margery. Mi torso estaba desde mi cintura asomando peligrosamente al exterior. Me mantenía a duras penas con las piernas dentro de la casa y con el peso de la chica sobre mí, empujándome por momentos al abismo. El plasma desapareció de su nariz y boca y acercó su cara nívea a la mía. Nuestras narices se rozaron. Sus ojos, uno azul y otro verde, me contemplaban. Me miraban con un odio incontestable. Procedentes de un alma con un dolor infinito. Sentí el cálido aliento de Margery en mi propia boca y su tibio cuerpo presionando mi pecho. En un segundo, aquella mirada atenazante desapareció de la joven. Despertó de su trance encima de mí con un gesto de sorpresa real, de incomprensión no fingida. Su agitado cuerpo provocó el movimiento necesario para que los dos nos inclinásemos sin remisión hacia el vacío, ella agarrada de mis solapas.

Por suerte, Arthur, con sus enormes manazas tomó mis piernas y balanceó mi cintura hacia el interior, apoyada en el poyete de la ventana.

Margery y yo quedamos por un momento bajo la confusa oscuridad y sobre el manto de cristales del suelo, ella sobre mí. Ella se alzó precipitadamente, aturdida y trastabillando. Una sirviente de la casa entró encendiendo todas las luces. La médium rubia corrió al ver a su esposo en el suelo, pero Arthur ya lo había despertado.

Un leve golpe en la cabeza, con un imponente chichón, fue todo lo que sufrió el galeno.

—Gracias, amigo —fue todo lo que pude balbucear a Arthur Conan mientras este ayudaba a incorporarme.

Por suerte, nadie salió herido salvo yo, con un corte horizontal en mi tabique nasal y un dolor que en vano trataba de disimular en mi maltrecho débil brazo.

Pasados unos minutos en los que la calma había vuelto a su cauce Arthur y yo nos acercamos a Margery.

—¿Qué ha sido eso, señora Crandon? —inquirí— No había presenciado nada igual en mi vida.

—Su vida, querido, todavía es muy corta y le queda mucho por aprender...afortunadamente para usted —cambió su tono punzante a algo más suave tras estas palabras—. Me alegra que no se haya precipitado por la ventana y solo tenga un rasguño en la nariz.

Esto último lo dijo pasando su dedo por mi herida. Hice un gesto de dolor y ella sonrió.

—Yo también, créame —contesté—, pero comprendo que se alegre, nos habríamos precipitado ambos en una caída sin fin.

Esto la hizo sonreír de nuevo. Pude ver que las velas se habían vuelto a prender sin que yo hubiera visto a la sirvienta hacerlo.

—Contestando a su pregunta, señores —se dirigió ella a mí y a Arthur—; ese era mi hermano Walter Stinton. Nos dejó hace poco de una manera trágica. Él y yo estábamos muy unidos...

—...y por lo que parece siempre ha sido muy protector con usted —añadí terminando su frase.

—Así es. Como pueden ver, aquí no ha podido haber truco alguno si es lo que ustedes y el señor Houdini están buscando.

—Es pronto para saberlo. Tenemos que cotejar lo que hemos presenciado hoy con el resto de miembros de la Sociedad Científica y con el mismo Houdini —concluyó Arthur—. Siento lo de la ventana. Por desgracia estaba todo muy oscuro para sacar conclusiones fehacientes. Espero que pasen una buena noche señora Crandon, despídanos de su esposo. Por nuestra parte esto es todo, debemos retirarnos.

—Tendrá noticias nuestras —dije—, buenas noches —. Me incliné y le besé la mano. Ella se sorprendió y rio una entre divertida y alagada. Nos alejamos de allí.

—¡¿Qué coño ha sido eso, Jimbo?!

—Nada, le he besado la mano. Quería ser caballeroso. Me he pasado, ¿verdad?

—Sí, eso no se hace desde hace...no sé, ¡¿un siglo?!

Yo ya no escuchaba a Arthur y seguramente una sonrisa leve se dibujaba en mis labios esa noche, en la que un invisible lazo me mantenía atado a algo que a día de hoy no puedo todavía describir.

# CAPÍTULO 5
## Una noche inolvidable

—Arthur, ¿qué demonios ha pasado esta noche ahí dentro? —señalé con el pulgar por encima de mi hombro.

—¿Es que te lo tengo que explicar? Le gustas.

—¡¿Qué?! No me refiero a... —estoy seguro de que me puse como un tomate pues el escritor estallo en una sonora carcajada que hizo volar a unos gorriones de un árbol cercano.

—Y apuesto a que el interés es mutuo. Vaya con el pillín, siempre con esa cara de agrio...

—¡Oye, yo...! Ya sabes de lo que hablo. —Para ser sincero, tenía unas ganas locas de romperle la nariz allí mismo.

—Sí, hombre, sí. Claro que lo sé. Tengo que decir que lo de la campanilla volando por los aires no es la primera vez que lo veo. No parecía que el pie de la Crandon estuviera conectado por cable al artilugio.

—¿Y lo de las velas? ¿quién las apagaría todas una por una, en orden y a esa velocidad?

—Reconozco que es un truco muy logrado, pero eso no quiere decir que no pudiera estar alguien del servicio de la casa entrenado para hacer soplar un fuelle de chimenea convencional...o quizás dos y sincronizados, para poder llegar a todas las velas. —Arthur se mesaba su bigote y ese gesto era síntoma de que la "sala de máquinas" estaba trabajando a máximo rendimiento.

—Una cosa no me vas a poder explicar con esos viejos trucos que ya hemos visto en casa de Eusapia Palladino; la sustancia que emergió de su nariz y boca.

—El ectoplasma.

—¿Ecto... qué?

—Me sorprende que Harry, tu jefe, no te haya explicado lo que es, o, mejor dicho, lo que se supone que es. El ectoplasma es una sustancia de origen desconocido, ni siquiera se sabe si es de este mundo o una visión, cuya función es modular la voz de los espíritus de los muertos. Ellos se sirven de este instrumento para hablar de viva voz con sus seres queridos u odiados puesto que ya no pueden hacer uso de cuerdas vocales.

—¿Esperas que me crea eso? ¿Y por qué no se comunicarían en sueños? Como sucede en tantos otros casos.

—No tengo respuesta para todo, Jimbo. Quizás no saben cómo hacerlo con un sueño y utilizan esa excrecencia indefinible como último recurso de comunicación y que conectan a la médium.

—¿Es que nadie ha tomado muestras físicas del ectoplasma?

Arthur me negó con la cabeza mientras se liaba con la lengua un cigarrillo.

—Art, esa sustancia vibraba. Se movía. La vi descender con autonomía propia por la cara de la señora Margery para aposentarse sobre su hombro con una cadencia que me hacía pensar que su movimiento era inteligente o al menos era dirigido. Y te digo más; no sé de qué manera, Mina podría mover "esa cosa" a su antojo y hacerla moverse de ese modo, ¡por Dios, Art, parecía un jodido sapo respirando!

—¿Me has llamado "Art", chico?

—Perdón, la cabeza me da vueltas. No sé muy bien lo que he vivido hoy ahí dentro. Posiblemente ha sido la experiencia más aterradora de mi vida. Si no contamos que hace apenas unas horas casi me estrangulan a la vera del rio.

—No importa chico, ¡me gusta! —me dio un puñetazo bastante duro en mi hombro como signo de "colegueo", supongo—. No le des tantas vueltas, y no subestimes el ingenio de una médium. Siempre van un paso o dos por delante de su parroquia.

—¿Su "parroquia"?

—Sí, sus seguidores, su público. Diablos, Jimbo, todo hay que explicártelo.

—Es que dicho así suena como si el espiritismo fuera una nueva religión —deduje, sin ser muy consciente de lo que acababa de decir. Arthur Conan me observó de reojo, pero siguió consumiendo su pitillo distraídamente.

—Solo hay una cosa que reconozco como real en aquella casa, después de mi experiencia en estos temas.

—¡Dispara, me tienes en ascuas!

— Estoy seguro de que las ocho personas que lo presenciamos estarían de acuerdo conmigo. Esa sala era un horno al principio de la velada. Unos segundos después un viento gélido lo cubrió todo.

—¿Y eso qué significa, "señor Holmes", si puede saberse?

—Muy gracioso. Que en esa habitación, esta noche, no solo había gente viva entre nosotros.

Un escalofrío me recorrió la espina dorsal de principio a fin pues yo sabía muy bien a lo que Arthur se refería. Él acababa de decirme que éramos ocho los asistentes. Yo contabilicé nueve.

De una manera casi inconsciente anduve el camino de vuelta a mi apartamento con mi pensamiento recorriendo a velocidad de vértigo todos y cada uno de los detalles de lo acontecido aquella noche, en la residencia Crandon...Siempre terminaba en aquellos ojos sobre mí, uno verde y uno azul; Margery-Mina.

No conseguía discernir cómo, aquella chica de apenas sesenta kilos, podía haberme derribado y cerca estuvo de arrojarme por la ventana. Mi raciocinio pugnaba por imponerse a mi emoción turbada. Esta última era la que dominaba como un dictador implacable mi corazón.

Una vez en mi oscura y siempre húmeda habitación me puse cómodo, me prepare un baño y al salir me tumbé en el catre, ya totalmente relajado y con una copa de güisqui escocés. Me sorprendí a mí mismo tratando de preparar mi pipa de opio. Se me hacía harto difícil, debido a que tenía que hacer todo con un solo brazo. Opté por atar el caño de la larga pipa a la cama para poder calentar su cazoleta. En esas estaba cuando la sirena inequívoca de un coche patrulla captó mi atención. Me asomé por la ventana tratando de calcular el lugar al que se dirigía el vehículo, observando su trayectoria. Retomé mi vaso con la mirada perdida en la calle por la que había desaparecido el coche.

Por alguna razón me sentía alterado y supe más que nunca que necesitaba mi dosis de opio para poder dormir esa noche. Entonces me avergoncé al recordar, solo entonces, que me faltaba la presencia de Hui Yin para llevar a cabo la operación de fumar. Con el pulso bailándome, la pipa se volteó y el flojo nudo se deshizo ante mi desesperación. Tomé un largo sorbo del oro líquido.

—Nunca he sido muy partidaria de esas pipas. Me dejan indiferente.

Me incorporé de un salto y observé el ángulo oscuro de detrás de la puerta de entrada. Sí, ese lado en tinieblas que nos inquieta a todos en un momento dado de la noche.

—¿Quién anda ahí? —apunté estúpidamente con el caño de la pipa hacia la voz.

Ella emergió de la negrura como una *Venus de Botticelli*. Pude descubrir aquel rostro porceláneo de Margery, que se había encendido un cigarrillo. Se acercó a mí de una manera casi antinatural, como si fuera un ser salido de una ensoñación.

—Eres, es decir... ¿eres real? —La Crandon rio y tomó mi vaso para beber un sorbo, luego fue acercándose con lentitud a mi rostro y vertió el líquido elemento en mi boca, en lo que me pareció un elixir mágico y prohibido al resto de los mortales. Tal vez lo fuera esa noche.

En un segundo, mi corazón se desbocó hacia una carrera a ninguna parte. Cómo deseaba a aquella mujer. Ella se separó de mí, posando una mano en mi pecho. Extrajo una cajita de su minúsculo bolso, un estuche metálico y dorado.

—¿Qué haces aquí? ¿Está todo bien? —quise saber. Tenerla allí me alteraba, como era de esperar.

—Quería verte y asegurarme de que cenabas algo decente esta noche. —Ella extrajo una jeringuilla como jamás había visto una. El artilugio dorado estaba decorado con unas filigranas serpentoides por toda su estructura cilíndrica. Refulgía en la oscuridad como el arma arrebatada a un mito del Olimpo.

—¿Eso es de oro? ¿Por qué lo llevas, estas enferma?

—¿En serio no sabes lo que estoy haciendo? Qué ricura. Esto que estoy introduciendo en la jeringa es heroína mezclado con alguna planta más que desconoce la mayoría de gente en esta ciudad.

—Pensé que estaba prohibida desde Enero de este año.

—Así es, pero ¿acaso no es lo prohibido lo más interesante? —me sonrió mientras se inyectaba aquel líquido en su antebrazo. Ella me preguntó con la mirada y yo asentí. Fue mi primera experiencia con aquella sustancia.

Los dos volamos, flotamos, entre una marea de besos, mordiscos y abrazos, después de que yo le arrancara el fino vestido que llevaba la atractiva médium. No entendía qué hacía allí, lejos de su marido y su vida de alta sociedad, pero a esas alturas poco me importaba. Caí, caí con ella en el torbellino de los sentidos, en un derroche de sensaciones libres de todo pensamiento, liberados del lastre de la razón y espoleados por el deseo más animalesco y antiguo del ser humano venido de cuando aún no éramos humanos. Viajamos a una época sin suelo en el que apoyar nuestras conciencias. Entramos en una vorágine suprasexual en la que el terremoto de carne y fluidos éramos nosotros y roca pulverizada también. Mi "yo" se apagó y ya no fui más "James". Era el todo y la nada aprisionado felizmente por el abrazo de Mina, sin importarme si aquello era lo último que hacía en mi anodina vida por la que me arrastraba. Su aliento era una eyección fulgurante de lava introduciéndose a lengüetazos convulsos en mi boca y yo embestía con fruición, con hambre primigenia a la que era mi diosa y mi religión. Es falso que lo primero que se creó fue el verbo. No hay palabra que describa aquella hecatombe anímica y renacimiento desde el alma partida.

Mina me estaba proporcionando un nuevo sol. Una luz que ni siquiera pude imaginar que existiera. La luz de un despertar, quien sabe si hacia la perdición definitiva de mi ser, aunque ya no me importaba. La escena hipersexuada se reproducía ante mis sentidos como si aconteciera bajo un océano profundo y virgen de la presencia del humano. Ella me presionaba contra sus caderas y me constreñía con sus muslos como si quisiera devorarme a través de su sexo. ¿Quería fundirse conmigo en una suerte de ser nuevo y a la vez olvidado de un tiempo enterrado?

Era inquietante cómo encajábamos el uno en el otro. No supe en ese instante si fue debido a las drogas, al alcohol o al caos de carne y tibios fluidos, pero percibí cómo mi sexo era asido y admitido de una manera nueva para mí. Yo no era ningún mojigato y mi experiencia con mujeres a mis veinticuatro años era más que amplia, pero jamás sentí, ni volví a sentir después, aquella comunión carnal, álmica e incluso espiritual con nadie. En verdad Mina era especial a distintos niveles.

Me dejé llevar...Me dejé devorar hasta el último resquicio de mi ser. Me encontraba a merced de lo que viniera, fuese bueno o malo.

Rendido ante el placer más absoluto y libidinoso que, curiosamente libraba mi atribulada alma a un punto de éxtasis religioso. De pronto ella, que estaba sobre mí, comenzó a pasar sus delicadas manos sobre mi cuello a la vez que lamía el corte reseco de sangre en el tabique de mi nariz hasta hacerlo sangrar de nuevo. Mi cara pronto se empapó del líquido sagrado. El riachuelo sanguinolento desembocaba en mi boca, recorría mi cuello y penetraba también en mis ojos. Mina reía excitada. Respiraba entrecortada. Danzamos en un éxtasis macabro a una cadencia cada vez más endiablada. Ambos alcanzamos la cumbre entre sudor, sangre y jadeos de bestia con su presa entre las fauces. Mina había extraído de mí hasta un trozo de mi alma salvaje. Ella parecía no saciarse nunca y por mucho tiempo permanecimos en aquella lucha amatoria hasta que Mina se colocó sobre mí y circundó mi cuello con sus delicadas manos. Las cerraba con una fuerza despiadada, inusitada hasta un punto antinatural. Me cerró el paso de aire en lo que yo entendí, en un principio, como una técnica amatoria de las que había oído hablar, así que no me resistí.

Me resultaba difícil observar tras el velo rojo de mi propia sangre cubriendo parcialmente mi visión, pero habría jurado que el rostro de la Crandon se había trasfigurado en un gesto más adusto, angulado y amenazador. Ella acercó su rostro al mío y pude observar sus ojos verde y azul. A un escaso centímetro y aún no sé por qué, miré dentro de la chica. Sí, miré dentro de aquel pozo turquesa y lo supe. Supe que Mina no estaba allí dentro o, si lo estaba, no era consciente de que su cuerpo estaba siendo arrebatado por algo o alguien.

—¡Deja a Mina, maldito bastardo! Tú y yo tenemos algo pendiente, ¿me oyes? —dijo una voz masculina. La presión sobre mi garganta se había multiplicado.

De pronto escuché un estruendo en la pared opuesta a la cama y al segundo siguiente me incorporé de un salto en el catre para ser testigo de cómo mi ventana se hacía añicos. Me protegí el rostro con los brazos de manera automática. Me froté los ojos para ver qué era todo aquel caos.

—¡Jimbo! ¿Estás bien? Vine a por ti, pero antes de golpear tu puerta pude escuchar lo que parecía un forcejeo. Te llamé a gritos y no contestabas, así que decidí derrumbar la puerta.

—¿Qué ha pasado? ¿Y la chica?

—¿Qué chica? ¿Una chica dices? ha debido saltar por la ventana —Arthur se asomó a la calle—. Allí abajo solo hay cristales. Ni rastro de sangre. La caída es considerable, debe estar herida. Debería perseguirla.

—Olvídalo. Sé quién es. La atraparemos.

—¿Estás seguro de que no lo has soñado y te has despertado sonámbulo rompiendo la ventana? ¡Se me antoja imposible que alguien pueda salir corriendo después de un salto así!

—No. Era real.

—Y bien. ¿Quién era?

—Mina Crandon —La cara de Arthur era de una incredulidad pasmosa—. Pero no era ella.

—¿De qué hablas?

—Al principio de la velada sí era ella, pero...después no. Era como si alguien la hubiera poseído. Creo que era su hermano Walter, si recuerdas la otra noche en la sesión...

—Sí, sí. Lo recuerdo. ¡Diantre!

—Era la misma voz masculina. Me quería...quería verme muerto. Me asfixiaba.

—No veo que tengas ninguna herida. Me había alarmado por la sangre de la almohada.

—Es del corte de la nariz, como puedes comprobar, Arthur.

—Entonces...

—Ella, es decir, él me amenazo, Art. Dijo que tenía algo pendiente conmigo y que me alejara de su hermana.

—Lo que me faltaba, un maldito fantasma machista y protector. ¿No ha podido ser una actuación para que la Sociedad Científica no descubra su fraude?

—No lo creo. Era todo muy real.

—Pero te sedujo. —Yo bajé la mirada avergonzado como si mi padre me estuviera recriminando el que me hubiera dejado robar la cartera. Arthur cambió el gesto.

—Art, ¿por qué viniste en plena madrugada?

Mi amigo tomó mi abrigo y me lo dio. Apoyó su inmensa mano en mi hombro.

—Se trata de nuestra amiga. Hui Yin.

# CAPÍTULO 6
## Impresión

La noticia transmitida por Arthur me dejó petrificado. Hui Yin, mi amiga, mi compañera, mi amante, estaba muerta.

—¿Cómo...cómo ha sido? —balbuceé.

—La hallaron tirada en un callejón cercano al rio. Ha sido esta misma mañana cuando la hemos encontrado, aunque parece que la mataron ayer. La han matado, James. Lo siento mucho, chico. Sé que estabais muy unidos.

—¡Que la han matado! ¿Cómo puedes saber eso tan pronto?

—Creo que ya te conté que el cuerpo de policía de la ciudad de Boston me ha pedido ayuda para esclarecer el incidente de la señora Palladino y me han pedido lo mismo con Hui Yin —Arthur me tomo del brazo mirándome con unos ojos intensos—. Le faltaba parte del hígado. Pensamos que están relacionados ambos crímenes. Por fortuna desconocen tu relación con ella, así que estas exento de toda implicación. No te muestres y no te meterás en líos, ¿me has entendido?

Yo afirmé levemente con la mirada perdida en una losa del suelo.

—Quiero verla.

—¡¿Te has vuelto loco?! ¡¿pero es que no has escuchado una sola palabra de lo que te acabo de decir?!

—Necesito verla, Arthur. No me puedes negar eso. —Mi amigo tambaleó su pesada envergadura incómodo por la sugerencia.

—Tengo que comprobar algo y necesito tu ayuda.

—¡Que necesitas com...! No seas majadero. Te lo advierto: si encuentran una sola huella tuya en el cuerpo de la chica no podré protegerte y dudo mucho que tu protector, Houdini, mueva un dedo por ti. Apártate del asunto, huele a podrido. Céntrate en las sesiones de espiritismo.

Quedé absorto mirando embobado las líneas ennegrecidas de las baldosas del suelo, con una rabia creciente hacia mí mismo por haber dejado sola a Hui Yin aquella noche. Seguramente había salido detrás de mí cuando la sorprendieron. ¿Es posible que me estuvieran siguiendo y que el asesino fuera descubierto por la asiática? pero ¿por qué razón le faltaba parcialmente el hígado?

Mi mente era un torbellino de pensamientos, en apariencia inconexos y de sentimientos eflúvicos dispersos e incontrolados. Quise llorar, pero no podía. Quise sentir algo profundo por ella, pero me sorprendí a mí mismo sin encontrar uno al que agarrarme, solo culpa. Culpa y rabia. La opresión en mi pecho era mi mazmorra hacia mí mismo.

—Jimbo, tan solo vine a avisarte del incidente antes de que lo supieras por otros medios.

El escritor me abrazó antes de abandonar mi apartamento, creo que convencido de que esa noche yo había tenido una alucinación, debido al opio y la absenta y que habría destrozado la ventana yo mismo. Se esfumó con cierta preocupación en el rostro.

En aquel último abrazo conseguí arrebatarle las llaves. Por lo que me comentó la noche anterior, la policía le había proporcionado una copia de la cámara donde estaba el cadáver de Palladino y donde, posiblemente, estaría también el de Hui Yin. No tenía tiempo que perder. Iría esa misma noche a sacar mis propias conclusiones.

En aquella noche fría bostoniana el aspecto externo de la morgue era más lúgubre de lo que me hubiera gustado imaginar. Acechante como estaba, cerca del edificio, un leve escalofrío electrizante me recorrió la columna vertebral. Estudié la fachada y pude observar una lechosa luz que exhalaba por un ventanuco del semisótano. ¡Tenían que estar allí! ¡Debían, estar ahí! Me acerqué a aquellas altas horas de la madrugada con todo el sigilo del que fui capaz hasta aquel cristal de luz mortecina. Me deshice de mi chaquetón y lo enrollé a mi brazo bueno de una manera bastante burda, pero suficiente para que no me cortase al tratar de romper los cristales. Lo conseguí.

Conté con la más que probable posibilidad de que el guardia de turno estuviera dando una cabezada y no hubiera escuchado mi fechoría. Me deslicé por el marco del rectángulo con los pies por delante. Tanteaba con mis piernas el oscuro habitáculo y, créeme; no es muy agradable patalear en la oscuridad, pender como una manzana desde una ventana y sabiendo que al otro lado te espera un grupo de cadáveres.

El suelo estaba a más altura de la esperada por mi parte y caí con cierto estruendo sobre un pequeño estante. Tras reincorporarme y acostumbrar mis ojos a la oscuridad pude deducir que me encontraba en un pequeño habitáculo. Demasiado pequeño, casi un armario ropero. Era muy consciente de que la llave sustraída a mi amigo Arthur Conan era de la sala en la que se conservaban los cadáveres y no la de la entrada principal del impersonal inmueble, de ahí mi trastabillada intrusión.

Caminé por un pasillo sin iluminar hasta que di con la puerta de madera con un simple cartel que anunciaba la sala que buscaba. Me arriesgué a encender la sala y pude ver tres cuerpos ocultos, cada uno con una sábana y dispuestos en sus respectivas mesas. El corazón quería salírseme del pecho. Comprendí que bajo el lienzo con el bulto más voluminoso estaría el cuerpo de Eusapia Palladino. Agradecí que en la sala se hubiera dispuesto una suerte de jarrones con plantas aromáticas que más que camuflar el aroma de la muerte, se fusionaba con este en una danza invisible y tenue de lo vivo con la podredumbre. Me sentía mareado. Me dirigí hacia los otros dos cuerpos inertes. Uno de ellos tenía una altura considerable, incluso perceptible en posición horizontal, por lo que lo desestimé como los restos de Hui Yin...restos.

En una posición perpendicular se hallaba el otro finado. Tuve que apartar los ojos de él por un instante para sortear un extraño pozo a ras de suelo cubierto por un burdo enrejado. Bajo este se adivinada un agua turbia de miasma penetrante. A duras penas logré cortar el filamento invisible que se cernía sobre mis ojos desde las inadivinables profundidades de aquella cloaca.

Logré centrar mi atención en el cuerpo cubierto por un lienzo color blanco-viejo. Quedé un tiempo indeterminado absorto en aquella cara cubierta, hasta que me armé de valor y la descubrí con un movimiento lento, como con miedo de despertarla de una siesta eterna. Allí estaba Hui Yin, o lo que había sido ella. El cadáver más bonito del mundo. Me sorprendí a mí mismo llorando de rodillas ante ella, tomando su mano fláccida. Un agrio sentimiento de culpa por haberla dejado a solas aquella noche emponzoñó mi trémulo pensamiento.

Metí mi mano débil en el bolsillo del oscuro abrigo y saqué, casi involuntariamente, una fina cuchilla que me hizo recordar con su leve brillo el porqué de mi visita: Iba a realizar una optografía. En el siglo XVII, un fraile llamado Christopher Schiener aseguraba que la retina captura la última imagen antes de que la persona o animal fenezca. Esta práctica se hizo popular hasta bien entrado el siglo XIX. No sabía si funcionaría, pero quería conocer al asesino de Hui Yin y de la señora Palladino. Obviamente debía ser el mismo, debido a la execrable amputación de parte del hígado en ambas mujeres.

Con manos temblorosas acerqué el estilete al rostro imperturbable de la asiática. Quedé por un momento estático, temeroso de despertarla. Logré abrir con mis dedos el parpado y rasgué el globo como si fuera una ciruela. Conseguí soportar el desmedido hedor que la estatua humana lanzaba contra mí, como quien vierte una maldición al ladrón de tumbas. Una imprecación desde el más allá. Volteé mi cabeza y en una salvaje sacudida regurgité mi última y frugal cena.

Pensé que si me viera Arthur lo haría sin duda con una sonrisa sardónica. Apoyaba mis manos contra mis rodillas con, seguramente, un aspecto derrotado. Me limpié nariz y boca con la manga. Tenía la córnea en mi mano débil. No sé de dónde saqué las agallas o el estómago para ejecutar la misma operación con el hinchado cadáver de la médium Palladino. Su ojo, extrañamente tibio como un huevo cocido, saltó con facilidad a mi mano. Llegó a escurrirse entre mis dedos y anduvo rodando hasta el pozo negro. En el último instante lo atrapé tras un breve cabrioleo entre mis palmas. Me tumbé boca arriba en el empedrado frio y respiré lánguidamente para recuperar la escasa serenidad que aún conservaba.

De pronto, una mano blancuzca emergió veloz de entre el enrejado del pozo y me tomó por la muñeca en la que conservaba el ojo de Palladino. ¿Qué demonios era aquello? ¿Era una alucinación debido al opio o la mezcla de absenta lo que excitaba mi enferma imaginación?

Fui empujado de manera feroz contra la mesa donde se hallaba la médium italiana. Su cadáver rodó por encima de mí. Yo no era muy consciente de lo que estaba ocurriendo. El rostro abotargado del cadáver polifémico me miraba desde Dios sabe dónde, a la vez que tenía la osadía de escanciar el preciado líquido rojo desde su cuenca ocular cual vino tinto de crianza. No supe cuánto tiempo llevaba gritando cuando la tapa enrejada que cubría el pozo cayó con estruendo a mi lado. Aparté rápidamente a la Palladino tuerta para encontrarme con un puño en mi nariz. Volví a caer y traté de alzarme del suelo y ponerme en guardia lo antes posible.

Lo que vieron mis ojos aquella noche trastocó mis creencias más profundas e hizo temblar los cimientos de mi razón que por momentos se hundía en aquel pozo negro del suelo. Un ser humanoide más bajo que yo, pero fibroso me observaba amenazante. Su piel blanca gelatinosa recordaba a la manteca de cerdo para cocinar o al tocino níveo de un cordero recién sacrificado. Aquellos ojos... eran, más allá del odio que me infligían, de unas formas sin párpado semejantes a las de las bestias marinas. Sus labios inflamados hasta lo grotesco boqueaban mostrando tímidos una lengua negra y bífida. La bestia observaba expectante mi próximo movimiento. Se abalanzó sobre mí con inhumana agilidad, derrumbándome de nuevo. Yo pude encajar el brazo de la Palladino en sus fauces cuando se disponían a cerrarse sobre mi garganta. Pude atisbar una sombra que cruzaba la estancia y huía por la ventana por la que yo había accedido. De pronto recordé que tenía el estilete en el bolsillo derecho, pero con mi brazo atrofiado no podía llegar a él al ser más corto de lo normal. Cuando el hombre acuático escupió el antebrazo del cadáver, dispuesto a acabar conmigo, subí mi pierna golpeando agudamente contra su entrepierna. Si tenía dos brazos dos piernas y dos ojos...” quizás la secuencia de pares siguiera hasta esa parte de su anatomía”; pensé de manera fugaz.

Resultó que mis sospechas eran ciertas y mi enemigo se dobló levemente por la cintura. Acción que aproveché para girarme de espaldas y alcanzar la cuchilla. El pez de dos patas me volteó con una facilidad pasmosa, pero cuando lo hizo, yo solté mi brazo en un latigazo enrabietado hacia donde intuí estaba su cara. Conseguí rasgar su pómulo levemente. Manó sangre...abundante. Era mortal.

No tuve fuerzas de rematar, aprovechando el desconcierto de él, y por qué no decirlo, ni valor. Así que opté por escapar como alma que lleva el diablo, lanzándome por la única vía de escape que tenía a la vista según mi posición; el pozo. En un movimiento rápido de mi visión, antes de entrar como una flecha en el agua, observé que el tercer cadáver y único que yo no había destapado había desaparecido.

Me zambullí en el agua oleosa y una fuerte corriente me abrazó arrastrándome hacia el fondo.


—¡Eh, chico! ¡Despierta, chico! ¡Por Dios santo! ¿qué te ha ocurrido?

Allí estaba mi amigo Arthur Conan. Abofeteándome con el rítmico golpeteo profesional de los doctores. Me puso de lado hasta que consiguió hacerme expulsar una sopa inmunda de hierbajos y hojas aderezadas de agua estanca.

—Vas a pensar —acerté a balbucear entre toses y esputos—, que soy un camorrista de la noche. Siempre me sorprendes de la misma guisa.

—Deja de decir tonterías. ¿Has fumado?

—¿Qué? ¡No! Acabo de salir del agua y todavía no sé cómo. Créeme, he descubierto muchas cosas...— Guiñé los ojos otorgando cierto aire de misterio a mis palabras. Arthur imitó el gesto tratando de adivinar el pensamiento en algún punto indeterminado de mi entrecejo.

—¿Que "has salido del agua?" ¡Te acabo de sacar yo, *pintamonas*! He venido en mi coche. Anda sube. Te llevaré a casa y te haremos un reconocimiento.

—¿Tu coche? ¿Te lo has traído desde Escocia?

—No hombre. Me lo ha dejado...digamos que un amigo.


Una vez en casa del matrimonio Doyle.

—No veo a Touie— admití.

—Mi esposa se ha acostado ya. Hace unas cuantas horas. ¡Son las cuatro de la madrugada, majadero!

Admito que me sorprendí. No sé cuánto tiempo estuve flotando en el rio Charles. Ni siquiera podría decir cuánto tiempo transcurrió desde que irrumpí en la morgue y luché por mi vida con aquel ser salido de una pesadilla. Opté por contar toda la verdad al cada vez más boquiabierto Arthur Conan Doyle, escritor, doctor y prohombre de mi época.

—Te lo juro por lo más sagrado, mi viejo amigo. Aquello salió del agua con la sola intención de matarme.

—Bueno, parece que estas sano, al menos en lo que respecta a lo que no es la sesera —dijo él sin mirarme a la cara—. Quizás tenías algo que quería quitarte.

—No...no lo creo.

—No quiero dudar de tu palabra, pero ¿estabas bajo los efectos del op...?

—Nooo. Creo que se me había pasado ya el efecto.

—¡Oh, muy bonito: "crees"! ¿Qué se supone que debo hacer con semejante aseveración?

—¡Quieres dejar de jugar a Sherlock Holmes y prestar atención a lo que te digo!

—¡Sherlock, ja! Seguro que él ya habría dado con la solución a este embrollo.

—¿Embrollo, Arthur? Han muerto dos personas. ¡Hui Yin ha sido asesinada!

—Lo sé muchacho, y lo siento. Te pido disculpas, pero es que...ese humanoide de piel viscosa parece más bien un monstruo sacado de una historia barata de publicación semanal por fascículos.

—¿Como las que tu escribes en el diario?

—¡Maldita sea, Jimbo! ¿Quieres dejar de aguijonearme? Es más bien como las invenciones de aquel loco espigado, Howard.

—¿Tu amigo Lovecraft? —Arthur asintió mientras se preparaba la pipa.

Me saqué los dos ojos extraídos de las mujeres y que milagrosamente todavía conservaba en el bolsillo de la chaqueta mojada.

—Chico, quítate ese abrigo, vas a coger una pulmonía. ¿Qué diantres llevas ahí? ¿Eso son...?

—Los ojos de Palladino y de Hui Yin —terminé la frase con una mueca que pretendía ser una sonrisa de "jaque mate".

—¡Definitivamente estás loco, niño! Ahora entiendo que no encontrase las llaves de la morgue. ¡Tú me las birlaste!

—Solo las necesitaba para un rato y tu no ibas a prestármelas, como es obvio. Así que por una vez fui resolutivo.

—¿Ahora se llama así a los ladrones desquiciados? —Brazos en jarra de madre enojada.

—Ya sabes para qué te los muestro. Yo no tengo conocimientos médicos como tú.

—No te sigo ¿Qué pretendes que haga con partes de distintos cadáveres; crear a un nuevo Frankenstein?

—Viejo loco escocés...

—Tú también eres esco...Espera un momento: ¡optografía!

—¡Chsss! Calla, vas a despertar a tu esposa, Touie.

—No digas eso. Suena muy raro que me quieras hacer callar para que no despierte a mi esposa. Lo que pretendes es una técnica que lleva décadas sin ejecutarse. Se demostró su inutilidad.

—Hubo científicos que apoyaron la técnica hasta el final. Muchos cuerpos de policía trataron de ponerla en práctica cuando investigaban casos de asesinatos...

—Pensando que la última imagen de la persona en vida quedaba grabada en la retina del globo ocular. Eso es una locura, chico. Además, ¡tendrán tus huellas por todo el recinto, por el amor de Dios!

—Nada de eso, mira mis dedos —Entonces le mostré mis palmas abiertas ante su cara regordeta. Se apartó la pipa de debajo de la maleza.

—¡Adermatoglifia!

—¡Vaya!, después de todo prestabas atención en las clases de medicina.

—¿Naciste sin huellas dactilares? Qué conveniente.

—Así es, "Arti". ¿Y bien? estoy esperando.

—No puedo creer que lo vaya a hacer. Anda trae esos órganos.

He de admitir que tras la fisionomía tosca de aquel bebedor y fumador insaciable se escondía una personalidad metódica y de una pericia pulida y depurada con el bisturí. En un santiamén preparo una cubeta con agua caliente, se puso unos guantes y comenzó a diseccionar la esfera blanca de Hui Yin. Tras unos inacabables minutos y la nieve comenzando a caer contra la ventana, Arthur consiguió tomar la córnea y estirarla meticulosamente. Casi con ternura.

Ambos contuvimos la respiración clavando como cuchillos nuestras miradas en la pequeña membrana.

—No veo nada, Jimbo.

—Yo tampoco. Probemos con el otro.

Arthur Conan deposito el resto de la Palladino sobre una bandeja plateada. Al segundo siguiente se limitó a repetir el procedimiento con el hermoso ojo de Hui yin. Pronto descubrimos que lo que yo había perpetrado aquella noche había sido una completa locura. Una locura de drogadicto desquiciado.

Sentí la mirada de aquel viejo clavándose como un hierro ardiente en mi gesto.

Levanté mi cabeza para pedirle disculpas de algún modo, cuando observé un microscopio dorado que resplandecía a la sutil luz del pequeño cuarto contiguo, donde habíamos llevado a cabo la operación.

Salí corriendo hacia él ante la estupefacción del escritor. Con manos temblorosas y con el hedor todavía perceptible en mí de aquella cloaca en la que casi me ahogo deposité con cuidado la retina, no supe de quien, en la platina del microscopio. Arthur me observaba con la boca abierta y me siguió.

Lo siguiente que vi fue espeluznante.

En la primera retina que estudié se adivinaba al ser acuático que me había atacado tan solo hacía un par de horas. Al menos su torso blanquecino y uno de sus brazos...

—¡Por Dios bendito! ¡No puedo creer que funcione! Maldito borracho escocés. He de reconocer que los tienes bien puestos.

Traté de obviar al exaltado sesentón.

—¡Es una prueba, Arthur! Lo tenemos. Ha sido esa criatura. Es la misma que me atacó el día que encontré el cadáver de Palladino, estoy seguro.

—¿Estas mal de la azotea? Les has sacado los ojos a dos víctimas de asesinato. ¡Nos crujirán vivos! —Arthur tenía su ojo derecho, el bueno, puesto en el microscopio— no, no, no, no...

—¿Qué ocurre?

—La imagen se está...distorsionando, diluyendo.

Observé a través de la lente, apartando al doctor de un empujón. La retina era una gelatina opaca, como la piel de una de esas ranas negras. Mi reacción fue de tomar la otra retina y colocarla rápidamente en la pletina. Casi se me resbala al sucio y frio suelo. Cuando lo vi, estaba desapareciendo.

—¡Mierda! se evaporó, aunque he podido ver algo.

—Escúpelo, chico, ¡me tienes en ascuas! ¿Ha vuelto a aparecer esa criatura?

—No. Era medio rostro. Una cara angulosa y uno de los ojos era verde.

Ambos nos quedamos mirando uno frente al otro.

—¿Mina? —interpeló Arthur.

—No lo sé. Creo que sus ojos son azules. Además, la cara era masculina, aunque de rasgos suaves —añadí—. No lo sé, está muy difuminado. Mira ya casi ha desaparecido.

—Debe ser cosa de la temperatura o quizás la exposición a luz de esta habitación. Mañana noche tenemos una segunda y última inspección en casa de los Crandon. Creo que podremos sacar algo en claro.

—No sé si después de lo que pasó nos admitan. En fin, "señor Holmes", ¿qué conclusiones puede usted extraer? —aduje con cierta sorna.

—Esa bestia marina atacó a ambas mujeres. ¿Motivo? Claro está que en el entorno en el que habitualmente se desenvuelve está carente del hierro que todo ser vivo precisa en su organismo, es por ello que ingiere partes de hígado. Pero, amigo, si vive ahí abajo —dedujo apuntando con su rechoncho dedo al rio que apenas se vislumbraba a través de la ventana— no tenemos nada que hacer.

—Salvo que le tendamos una trampa.

—¡Eso es...brillante! Parece que se me hubiera ocurrido a mí. —Me lanzó uno de sus codazos "rompecostillas" a modo de colegueo—. Por lo pronto amigo, tenemos una segunda visita a otra sesión de tu amiga Margery. Aunque tú seguro que ya la llamas Mina.

—Por favor, Arthur...— me pareció inapropiado el comentario a Mina al tener la córnea de Hui Yin todavía tibia en mi mano. La situación era en verdad extraña.

—Oh, disculpa. —Arthur pareció descubrir que yo albergaba ciertos sentimientos hacia mi amante asiática del fumadero de opio.

# CAPÍTULO 7
## La mano infernal

Me encaminé hacia mi apartamento paseando por la vera del rio Charles al tiempo que despuntaba el alba.

Adiviné por el rabillo del ojo una figura hierática femenina que me observaba inquisitiva. Iba cubierta por un sombrero que prácticamente le ocultaba media cara. Su quietud expectante me produjo un estremecimiento.

Cuando me descubrí a mí mismo acercándome a ella, pude discernir la lívida luz de la inminente mañana en su mejilla rosada, fustigada por una sonrisa a medio abrir.

Quedé frente a Mina un largo rato. Observando, expectante.

—Hola, James. ¿Qué agradable casualidad, no crees?

—¿Lo es?

—¿Qué quieres decir?

—Nada, olvídalo. ¿Te puedo...acompañar?

—Sí, paseemos por el rio.

—Estamos cerca de mi apartamento. ¿Me estabas esperando? —inquirí sin rodeos, tomándola levemente del antebrazo mientras caminábamos.

—James. Hay algo...no sé lo que es, pero me siento observada.

—¿Cómo? ¿crees que alguien te acecha?

—Sí. Alguien o algo.

—¿Alguien o algo? —no pude evitar pensar en la bestia acuática con la que había luchado hacía apenas unas horas— ¿Qué te hace pensar eso? ¿Has visto a alguien en el exterior de tu casa?

—No he visto a nadie, es una sensación. Como cuando caminas por el centro de la ciudad y de repente te giras descubriendo a un desconocido mirando porque notas sus ojos en tu nuca. Algo así.

—¿Qué motivo podría haber para que te observaran? ¿Quizás la Sociedad Científica Americana?

—No lo sé.

—Estaré atento, te lo prometo. No dejaré que nadie...en fin, que nadie se acerque a ti.

—¿Ni siquiera mi esposo? —preguntó ella traviesa.

—Mina, ¿qué paso la otra noche? ¿Por qué huiste de esa manera?

—Cuando oí los golpes en la puerta de tu amigo yo desperté y pude tomar posesión de mi cuerpo para poder huir.

—¡Entonces eres consciente de que tu hermano Walter entra en posesión de tu cuerpo!

—Sí, James. Mi hermano siempre fue muy sobreprotector conmigo y sigue siéndolo, después de su muerte en las trincheras de la guerra en Europa. Por primera vez tengo miedo, James.

—No te hará daño. Es tu hermano.

—Pero a ti sí.

—¿Y...eso importa? —reconozco que estaba dolido por cómo había desaparecido de mis brazos en un momento.

—Sí, James. Sí importa. Tú me importas.

—¡Déjalo todo entonces, Mina! ¡Ven conmigo y deja esas sesiones y a tu marido! ¡Conseguiremos por medio de especialistas calmar al espíritu de tu hermano!

—Ja, ja, ja. James, eso es imposible. Soy una señora con una posición y además soy mayorcita para salir huyendo hacia un futuro incierto.

Me sorprendió su cambio de humor repentino. Había pasado de tener una mirada de jovencita enamorada a una señora cuyo sarcasmo es la afilada arma con la que se defiende en las fiestas de alta sociedad. Me sentía contrariado y en cierto modo insultado.

—Yo sé lo que vivimos, Mina, la noche pasada. No fue algo normal. Nuestras almas se...

—¿Fundieron? Escúchame, James; tú me atraes y no negaré que lo que sentí contigo anoche fue especial, pero debes apartarte de mí. Todo lo que ocurre en mis sesiones es real. Houdini no podrá rebatirlo. No puedo dejar que te pase nada malo.

—Mina, no sé cómo preguntarte esto sin resultar brusco: ¿has tenido algo que ver con las mujeres asesinadas?

Ella me obsequió con un gesto de incredulidad. El silencio se hizo eterno.

—¿Cómo puedes...?

—Digamos que he descubierto que el supuesto criminal tenía tus ojos. —Tras estas palabras, percibí por primera vez a una Mina Crandon vulnerable, con una mirada perdida en mis zapatos a la vez que horrorizada.

Al instante, ella me abrazó con todas sus fuerzas sin importarle que nos viesen los viandantes que, por fortuna, a esas horas del alba eran los menos.

—No te mezcles en esto. No estas preparado, nadie lo está.

—¡Pero...sabes algo! ¡Debes contármelo, si no, no podré ayudarte!

—James —me acarició la mejilla con su mano enguantada en encaje—, no trates de ayudarme o no podré salvarte.

Con esas enigmáticas palabras se separó de mí. Su mirada se incrustó en mis ojos a modo de despedida silente. Se volteó y desapareció a paso ligero.

—Nos vemos esta noche —le grité a distancia sin obtener respuesta—, tenemos que revisar una segunda sesión tuya.


Decidí seguir la dirección de mi cercano apartamento para descansar. Había sido una noche más que intensa y ya comenzaba a habituarme a dormir de día.

Tuve el tiempo y la paciencia necesarias para atar la pipa a la cama y así poder prepararla antes de dormirme. En esta ocasión añadí a la dosis habitual de opio el resto de la sustancia que trajo Mina la noche anterior y que nos inyectamos en vena. Caí como un muerto.


—¿No te vas a comer eso? —Mina tomó la guinda de un enorme helado de vainilla que al parecer me estaba tomando y me sonrió.

Aparecí de repente en un salón de variedades abarrotado de comensales. Sus siluetas quedaban perfiladas a través del humo de los cigarros. Todavía a día de hoy no sabría asegurar si aquello fue un sueño u otra cosa. Era tan real...

En una mesa circular elegantemente dispuesta nos encontrábamos: Mina, mi hermano fallecido y yo. Tomando un helado mezclado con licor de naranja.

En el fondo del local, al piano, el gran *Fats Waller* interpretaba *"ain´t miss Behavin´"*.

—¡Mina...no sé qué diablos hacemos aquí! —no era el ambiente en el que me moviera yo, precisamente. No era muy consciente de que estuviera dentro de un sueño, aun viendo al otro lado de la mesa a Fred, mi hermano gemelo.

Ella se giró hacia el piano;

—¿No es maravilloso? —pareció ignorar mi pregunta.

—Y tú, Freddy, ¿qué diantre haces en Boston? ¿Ya terminó la guerra? —creo que no pensaba en aquel momento que mi hermano estaba muerto y aquella escena no tenía razón de ser.

Él se acercó a mi oído y me susurró.

—¡¿Qué mejor lugar que este para un muerto?! Anda anímate.

Le hice caso y tomé otra cucharada de aquel empalagoso y licorizado helado. No aparté la vista de sus ojos mientras Mina daba pequeños saltitos espasmódicos en su silla al ritmo de la música. Parecía otro tiempo. Quizás había sido atraído a aquella otra realidad onírica por alguna razón. Tal vez me volví a pasar con el opio aquella mañana. Tal vez me acosté sugestionado. O quizás fuera una mezcla de todo.

—¿Cigarrillos, señor? —me agasajó una camarera con la típica bandeja de tabaco, su gorrito rojo y una minúscula falda.

Asentí sin saber por qué, ni dónde estaba ni qué hacía yo allí.

—Tome, caballero. Obsequio de Gwendoline —dijo la joven, posándose una mano en el pecho. Me tendió unos fósforos con el logotipo del local: *Gallahad*.

Debía ser el lugar donde me encontraba.

—¡Me apetece bailar, vamos! —Mina guiñó un ojo a Fred y me tomó de la mano, sacándome a trompicones al espacio central. Ya había otras parejas bailando.

Todo tenía un toque demasiado real a excepción de mi hermano, sentado y mirándome totalmente falto de expresión.

—Mina, Mina. ¿qué está pasando? ¿qué hace Fred aquí?

—¡De qué hablas Fred! No te oigo bien con la música.

—¡No soy Fred, soy James! ¡Mira mi brazo lisiado, si no me crees! —le grité al tiempo que ella levantaba mi mano izquierda y la depositaba en su propio hombro. Pude observar que aquella extremidad en principio inútil había cobrado un aspecto y musculatura que nunca tuvo. Estaba sano.

Quizás tenía ella razón.

No sé en qué instante encendí el cigarrillo, pero en un segundo lanzaba redondas volutas sin cesar, como si yo fuera un juguete roto. No podía parar de girar y girar con Mina ni de expulsar aquellas figuras por mi boca. De repente ella desapareció y me quedé dando vueltas solo, mareado, sin control. Todo comenzó a distorsionarse como una paleta de colores al óleo, derritiéndose como si un fuego invisible lamiera aquel cuadro surrealista. La propia música de Fats Waller se distorsionaba en el aire ahumado entre risas estrambóticas y caras y movimientos de los asistentes danzantes, cada vez más grotescos e inhumanos. Sus pieles y ojos se fundían en una sustancia etérea que me circundaba como si un cinturón de lava rítmica se cerniese sobre mí. Todo era una suerte de carne y órganos fusionados. Ya no más personas, aunque sus histriónicas risas taladraban mi cerebro una y otra vez. En un momento fugaz, pude discernir entre el humo, cómo Mina apuntaba con un revolver negro y grasoso el rostro de mi hermano, que la miraba con absoluta tranquilidad. Me puse en pie, había caído de rodillas, y en un paso tambaleante y gritando a Mina entre sollozos corrí para detenerla. La pista giraba como un carrusel o eso me parecía a mí. Un olor penetrante a carne quemada invadió mis fosas nasales. El silbido de unas granadas volaba sobre mi cabeza. Montones de tierra negra me llovía de un lado y de otro. Pude ver a Walter disparando a la cabeza de Fred. Grité, grité a sabiendas de que aquello no podía ser. Mi hermano giró su cabeza lentamente hacia mí sin rastro de la penetración de la bala. Mina volteó sus ojos verdes en ese momento hacia mí y rio más y más, a carcajadas, como una demente. Pude sentir el líquido caliente resbalando por mi frente hasta mi boca.

De manera imposible yo había recibido el disparo. Estaba petrificado. La música cesó y ante mí apareció el fantasma de Walter, el hermano de Mina. Él estiró su brazo y tocó mi frente. Introdujo un dedo en el orificio hasta tocar mi cerebro. Yo gritaba y lloraba preso de mi locura...hasta que caí de mi cama.

Desperté empapado en sudor frio y con una hemorragia borboteando de mi nariz sin comprender el motivo. Me senté en el suelo apoyando mi espalda en el lateral del catre. Tomé la botella de absenta me enjugué las lágrimas, que sí eran reales y emboqué el verdoso líquido a mi garganta.

Una vez en el baño introduje la cabeza al completo bajo el agua. Sí, parecía que aquello funcionaba. Pensé que con la ayuda de un té me repondría si no al cien por cien, sí mínimamente para prepararme a acudir a la casa de los Crandon esa tarde. Me cercioré de que había perdido el reloj y maldije mi suerte.

Pero aún se encontraba la impronta del sueño en mi cerebro como un remanente incordioso de un aviso o señal que uno no atisba a comprender. Mi emponzoñada cabeza no hilaba un pensamiento con otro en aquellos momentos, pero la aparición de mi hermano, Mina y Walter en aquella pesadilla era inquietante. El hermano de Mina había disparado sobre Fred, pero el disparo lo había recibido yo; ¿sería aquello una advertencia? ¿Debía escuchar a Mina pidiéndome que la olvidara o tenía que persistir en desentrañar lo que se cocía en torno a ella?

Cuando sentí una leve mejoría en mi cuerpo, aunque mi mente seguía algo embotada, opté por arreglarme y salir en dirección a Lime Street, la dirección de los Crandon. El aire tibio y el borboteo suave de los pocos coches que circulaban me relajaron. Me encontraba más despierto, definitivamente.

—¿Chico, pero que es ese algodón en tu nariz? ¡De nuevo sangraste! —Arthur Conan me abordó en plena calle.

—Arthur, ¡qué sorpresa! ¿Oye, me estas siguiendo? Siempre nos encontramos de la manera más inesperada —apunté.

—Sí, claro. No tengo cosa mejor que hacer en todo el día que estar espiando tus correrías nocturnas.

Ese comentario me produjo un escalofrío. Lo miré extrañado. Tuve la fugaz sensación de que mi amigo se refería a mi encuentro ilusorio con Mina, Walter y mi hermano Fred.

—Lo de la nariz no es nada. Caí de la cama.

—¿Otra vez? Tendrás que ponerte una de esas barritas que ponen a los bebes en sus cunas, chico...o dejar de mamar esa porquería que te metes.

—Sí, papa —aduje con ironía.

—Houdini va a estar presente en esta última sesión con tu amiguita. Al parecer no piensa que es una estafadora muy buena y ni tú ni yo podríamos descubrirla.

—Arthur, ¿tú qué crees?

—Aún es pronto para que yo tenga una valoración en condiciones. Después de esta noche te diré.

—Va a ser cierto lo que Houdini piensa de nosotros. Arthur, tengo que entrevistarme con ese amigo tuyo. Lovecraft. Creo que sabe algo sobre los asesinatos.

—Te equivocas. Puede que Howard sea poco social y no regale una sonrisa, aunque le pagues, pero es un caballero de principios. Dudo mucho que se dedique a extirpar vísceras de señoritas. De todos modos, hoy estará también en la mesa.

—¡Eso es perfecto! Lo abordaré cuando acabe la sesión.

—¿Por qué no me dejas hablar de esto con él? Puede que conmigo tenga más confianza y me cuente algo, si es que hay algo que Howard deba decir.

No contesté al médico y escritor escocés. Como de costumbre llegamos los últimos a la casa. El señor Crandon, con una media sonrisa, nos invitó a entrar.

Arthur pasó junto a él, pero cuando lo hice yo, el señor Le Roi Goddard me sujetó de mi brazo débil, apretando con firmeza.

—Joven, no crea que no sé lo que hace a espaldas de todos. Esta es la última vez que cruza mi puerta, ¿entiende? Después de esta noche no quiero volverle a ver.

—¡Augh! —me quejé. El señor Crandon se apartó de mí casi teatralmente y desapareció entre el gentío.

No tenía ni idea de a qué se refería, ¿sabría que me había acostado con su esposa? Lo dudo. Opté por pensar que hablaba de mi afición a las mujeres y a los salones clandestinos de opio.

Me sorprendió que la velada fuera a transcurrir en otra estancia diferente de la última vez, máxime cuando se trataba del sótano de los Crandon.

Resultó ser más acogedor de lo que esperaba y estoy seguro de que los cortinajes granates y la delicada madera de roble en sus paredes llamó la atención a más de un asistente.

Los invitados eran numerosos, pero vista mi experiencia de la última vez no quise poner demasiada atención en ellos. Posiblemente alguno de ellos no estuviera vivo. Una situación un tanto surrealista por no decir perturbadora.

—Buenas noches, James —me interpeló el señor Houdini—, acomódate. Creo que con suerte hoy terminaremos con esta farsa —susurró a mi oído mientras mantenía un vaso de leche en la mano.

—¿Usted cree que...?

—¡Sh! —me chistó—, por supuesto. ¿Acaso piensas que alguno de estos videntes tenga algún poder extrasensorial más allá de su habilidad de vaciar billeteras?

—Creo que deberíamos otorgar el beneficio de la duda, sería lo más justo.

—Ja, ja, ja. Cándida juventud. Cómo me gustaría volver a aquellos años en los que aún creía que lo mágico pululaba entre nosotros...

—Señor Houdini, no le reste ilusión a las nuevas generaciones bostonianas —interrumpió la anfitriona.

—Ah, señora Crandon...

—Margery para usted, si no le importa.

La aparición de Mina me dejó paralizado...al resto de invitados también. Hombres y mujeres imitábamos las atracciones de un museo de cera. Ella descendió los cinco escalones ayudada por mí. Su manera de moverse casi irreal hacía aletear la seda de su kimono rojo, describiendo un movimiento pendular de sus caderas sobrecogedor, acompasadas por el vaivén rebelde de sus senos liberados bajo la delicada tela.

—Señor Forsythe, le estoy hablando —Mina me despertó de su influjo, por el momento.

—Oh, disculpa Mina, quiero decir Margery ¿Qué me decía?

—Quería saber si ha podido dormir bien, no trae buena cara —dedujo ella. Houdini no me dejó contestar y se me adelantó.

—Le agradecemos tanto a usted como a su esposo que hayan tenido la deferencia de invitarnos. Nada nos gustaría más que tener la certeza de estar ante el ganador del premio de cinco mil dólares de la Asociación Americana Científica para la médium auténtica. ¿Preparada para la función?

—No me cabe duda de que quedará sorprendido —contestó Mina—. No le culpo, señor Houdini de su desconfianza. Después de todo, el ilusionismo es lo que conoce y lo que le da de comer. Comprendo que en sus valores no haya cabida para lo transcendente. Pero déjeme darle un consejo, si disculpa mi atrevimiento —el famoso escapista sonrió falsamente divertido, aunque molesto—. No demonice lo que no comprende. Hay fuerzas que están por encima de nuestra comprensión y es mejor vivir en armonía con ellas.

Harry Houdini bebió un sorbo de su vaso de leche, miró a la médium de arriba abajo y dio media vuelta.

—Chico —Harry punteó con su dedo mi pecho—, ten los ojos bien abiertos. Y no juegues con fuego, te manipulará como quiera.

La última frase de mi jefe me sonrojó. ¿Cómo podía saber él de mis encuentros con Mina? Me pareció atisbar un reflejo de celos en sus brillantes ojos. ¿Acaso la deseaba?

—Jimbo, no le hagas caso. Solo debemos estar atentos a la sesión de hoy. —El codazo en las costillas de Arthur me hizo volver mi atención a la concurrencia, que ya comenzaba a tomar asiento en torno a la mesa redonda en la que ya estaba preparada la médium.

Pude observar cómo el espigado y misterioso amigo de Arthur Conan tomaba uno de los asientos. Seguí su mirada y vi que daba una orden asintiendo con su cabeza hacia su acompañante, el fotógrafo.

Este se cercioró de mi presencia y por un momento pareció confundido. Me hizo un ademán con la cabeza, cuando algo llamó mi atención en su mejilla, la cual tapó enseguida con su chaqueta. Tenía una herida reciente. Un estremecimiento recorrió la espina dorsal. Esa marca se la había hecho yo. ¡El fotógrafo Seaman era con quien yo había luchado por mi vida en la morgue! Pero Seaman era humano. En el momento en el que tiré bruscamente de la chaqueta de Arthur las luces se apagaron y a excepción de unas pocas velas quedamos en penumbra.

—¿Qué te pasa chico?

—¡El fotógrafo, Arthur! —me di cuenta de que no podía mostrarle la tenue línea que recorría la mejilla de aquel engendro cambiante a mi amigo. No podría verlo con tan poca luz. Tendríamos que esperar a que terminase la sesión.

—¿Qué le ocurre?

—Nada, olvídalo. Luego te cuento.

En ese instante, Houdini hizo ademán para que me acercase a la mesa y me sentara a la derecha de Mina mientras él se sentaba a su lado izquierdo. Ambos tomamos sus manos. Margery-Mina Crandon comenzó a recitar su introducción.

—Estamos aquí reunidos para, una vez más y desde el más sincero respeto, tomar contacto con los espíritus y habitantes del otro lado y que tengan a bien darnos algún mensaje para sus seres queridos, que hoy nos acompañan de cuerpo presente. Por ello les pido damas y caballeros, máximo respeto a nuestras visitas y a lo que hoy experimenten aquí pues será una vivencia que rememoraran el resto de sus días.

El señor Seaman pidió algo más de luz para poder sacar las primeras instantáneas y así lo hizo el servicio de la casa a orden del señor Crandon.

Transcurrieron unos inacabables minutos hasta que ocurrió algo. Yo miraba de reojo al fotógrafo, temiendo que en cualquier momento se transformara en aquel ser acuático con el que luché. Estaba seguro que se alimentaba del hígado sustraído de las dos mujeres asesinadas a orillas del rio. Mina hundió con brusquedad el mentón en su pecho, solo veía sus rizos rubios oscilantes en una atmósfera que poco a poco me parecía más irreal.

—¿Quién eres? ¿En qué te podemos ayudar? —interrogó Mina rompiendo el silencio tenso.

Sentí un frio excesivo en la mano de la médium. Pude observar una pequeña cajita con un lazo frente a Mina que alguien había depositado allí, sin que yo me diera cuenta. De pronto, sin previo aviso, se escuchó muy levemente cómo algo rascaba la mesa. Se sentía cerca pero no se percibía nada ni a nadie arañando el mueble. Lo que vi a continuación me dejó sin palabras y aún a día de hoy me produce una fuerte desazón el recordarlo. Bajo el kimono japonés de Mina algo comenzaba a palpitar, a recorrer su muslo tratando de salir de la tela roja. Finalmente, una especie de mano atrofiada emergió aparentemente de su sexo y reptó hasta el borde de la mesa. No podía ser. Miré a Houdini que observaba las evoluciones de aquel miembro extraordinario de manera hipnótica y anonadado. El horror se dibujaba en todos nosotros. De Mina surgían unas lágrimas en aquel momento de trance para su consciencia. La repugnancia que sentí me hizo soltar su mano al recordar que había tenido sexo con Mina. Aquella sensación única de aquella noche...Me mareé y caí al suelo de rodillas para vomitar. Todos los invitados salieron despavoridos gritando algo así como; "¡la mano del diablo!". Todos menos Lovecraft y Houdini. Con mucho esfuerzo logré posar mi vista de nuevo sobre la quinta extremidad de Mina, ¡estaba deshaciendo el nudo del lacito que cerraba el paquete frente a ella! Lovecraft se adelantó a Houdini con presteza y tomó del interior de la caja un papiro. Su rostro mudó al de un loco sonriente. Me pareció adivinar lo que tenuemente pronunció; "¡Cthulu!". El fornido literato comenzó a esbozar una risa que se convirtió en la carcajada más tenebrosa jamás escuchada.

Mi aturdido cuerpo no lograba ponerse en pie. Resbalé en mi propio vómito y caí sobre la mesa volteándola y derrumbándome de nuevo contra el suelo. La copa que me habían ofrecido antes de entrar en aquel sótano debía contener algo especial. Las voces distorsionadas ya no me sonaban a personas. Percibía con mis atrofiados sentidos sonidos guturales carentes de toda humanidad y unas figuras verdes de gesto monstruoso que se contorsionaban como saltimbanquis grotescos a mi alrededor. El hedor a pescado descompuesto me hizo desembuchar de nuevo. Saqué fuerzas de flaqueza para apoyarme en la silla de Mina e inocentemente defenderla de las bestias. Ella ya no estaba allí. Eso fue lo último que recuerdo antes de caer en un sueño profundo e incómodo como un hierro frio recorriendo mi cuerpo. Aún a día de hoy no sé si todo aquello fue una alucinación, producida en parte por el envenenamiento y que habría tenido un efecto químico pernicioso al mezclarse en mi organismo con el opio.

Cuando desperté, tras un tiempo indefinible solo hallé el curioso pergamino que ocultaba el mensaje tomado por Lovecraft de la mano infernal. Estaba en blanco.

# CAPÍTULO 8
## El despertar de la bestia

Subí las escaleras de aquel sótano oscuro del que se intuía que había sufrido una batalla campal. Me sentía todavía aturdido. Comprobé que no había sufrido percance alguno ni heridas.

—¡Eh, chico, por aquí!

La voz reconocible del señor Crandon me indicaba que estaba cerca de la sala principal de la vivienda, que permanecía a oscuras. Me extrañó no tropezar con alguien del servicio. Obviamente había ocurrido algo. Todo el mundo había desaparecido y a mí me habían dejado tirado inconsciente en el frio sótano. Por fin lo encontré.

—¡Señor Crandon! ¿se encuentra usted bien? ¿qué ha ocurrido aquí? —Encendí la luz y comprobé que el anfitrión se encontraba en el suelo con las piernas estiradas y apoyado en la pared y un golpe contundente en la frente.

—Esos perros se han llevado a mi niña. ¡A Mina!

—No se mueva, voy a buscar a alguien del servicio y que avisen al doctor.

—Señor Forsythe, no se preocupe por mí. No encontrará a nadie en esta casa. Se han marchado todos.

—¿Pero de qué habla? ¿Qué ha ocurrido?

—Yo no lo sé. Solo puedo decirle que hace un tiempo que Mina y yo nos sentimos acechados. Alguien nos ha estado observando a cada paso que damos e intuyo que ese alguien estaba sentado en esa mesa espiritista esta noche. No se preocupe por mí. ¡Búsquela!

A parte del golpe en la cabeza el señor Crandon se masajeaba continuamente la rodilla con gesto descompuesto. Me miraba y negaba una y otra vez con la cabeza.

—¡No podrá acompañarme!

—No, Forsythe, no puedo. Debe darse prisa, se la llevaron inconsciente.

—¿Pero por qué? ¿Con qué fin?

—¡No pierda más el tiempo, puede ser una cuestión de vida o muerte! ¿Es que no se da cuenta? Usted, como ella, están jugando con algo que no pueden controlar.

—Está bien. Llamaré a la policía. —El señor Crandon tomó mi antebrazo y negó de nuevo, dando a entender que no era buena idea acudir a las fuerzas del orden—. Está bien. Trataré de encontrarla.

—No lo intente, hágalo o ni usted ni yo se lo podremos perdonar.

Salí de la residencia Crandon sin saber hacia dónde dirigirme. Me senté en las escaleras de la entrada con las manos cubriéndome la cara. La noche estaba fría y metí las manos en los bolsillos de mi viejo abrigo. Extraje las cerillas y prendí un cigarrillo. Cuando apagué la cerilla observé la cajetilla de fósforos; "*Gallahad*". Era el local del sueño que tuve con Mina, su hermano y mi hermano Fred. ¿Cómo demonios había ido a parar ahí algo que solo había tenido lugar en mi mente drogada de aquella noche?

De alguna manera, Mina, me había puesto sobre la pista...pero ¿sobre la pista de qué? ¿y a través de un sueño? Si esto era así, la chica tenía unas cualidades extraordinarias. Traté de no dar más vueltas al asunto y salí corriendo hacia la dirección que indicaba la cajetilla dorada. Posiblemente alguien la puso en mi bolsillo mientras estaba inconsciente, lo que significaría que tenía un aliado en aquel grupo siniestro de gente de la sesión mediúmnica. ¿Qué habría sido de Arthur, estaría implicado en la desaparición de Mina?

Conocía la dirección; Beacon Street. Curiosamente no estaba muy lejos del lugar. Corrí cuanto pude y en poco tiempo me encontré frente a la discreta entrada de toldo dorado, frente al parque *Boston Public*. No llegaba a entender cómo era posible haber pasado por ese parque más de una vez y no haber sido consciente de aquel curioso toldo. La palabra "Gallahad" aparecía serigrafiada en letras rojo oscuro. Un portero de aspecto normal, diría que hasta vulgar, me miraba sospechoso al haberme frenado frente a la puerta, sofocado por la carrera. En ese momento, una pareja se acercaba a su posición, cuchichearon algo a su oído y les abrió la puerta. Supuse que había una contraseña o algo así.

En el breve instante que la puerta permaneció entreabierta pude observar las luces, movimiento y hasta escuchar la música del interior. Parecía un local clandestino en toda regla. Supe que no pasaría sin saber la clave así que opté por dar un rodeo. La exploración dio sus frutos y un pequeño ventanuco a ras de la acera se presentó ante mí como una oportunidad de allanar el lugar.

Tras un leve tanteo con la ventana enrejada corroboré que no podría romperla discretamente y a la vez entrar, los hierros lo impedían. Un ratoncillo hizo amago de salir por una hendidura perforada entre el cemento de los ladrillos que enmarcaban el cristal. Lo toqué, estaba húmedo. No lo pensé dos veces y extraje mi pequeña navaja. Saqué el cemento arenoso y húmedo con paciencia hasta que pude retirar un par de bloques. Finalmente, mi entrada improvisada estaba tan debilitada que saqué el marco de cuajo, me contorsioné hasta el interior y coloqué la ventanita de nuevo. Apenas apoyé el pie sobre un pequeño taburete, di con mis huesos en el frio suelo de aquella estancia oscura. Quedé un buen rato callado, sin quejarme del dolor punzante del codo, a la espera de que unos pasos se acercaran al otro lado de donde quiera que estuviese la puerta. Nada.

Prendí una cerilla y traté de recorrer el lugar. Por suerte parecía un pequeño almacén de cajas de lo que parecían botellas de vodka. Estados Unidos a pesar de llevar cuatro años bajo la ley seca no podía poner freno al ingenio humano para gestionar las oportunidades que siempre ofrece el vicio y el ocio. Por supuesto aproveché para dar un buen trago a una de las botellas y Salí de aquel paraíso borrachil. Seguí lo que de primeras parecían unos cantos que no tenían nada que ver con la monumental fiesta que estaba montada en el piso superior. Alguien me golpeó la cabeza a traición. Lo siguiente que recuerdo es despertarme atado en una silla y rodeado de gente encapuchada y bajo una especie de hábito ocre. Obviamente había perdido la partida. Un cubo de agua helada me puso en situación.

—¡Señor Forsythe! Nunca debió tomarse muy en serio lo de investigar las diferentes médium que pueblan Boston. Lo cierto es que gracias a usted pudimos dar con la candidata acertada.

El hombre que se dirigía a mí señaló hacia una de las paredes de la estancia que quemaba mis fosas nasales debido a la humedad. Allí se hallaba Mina, inconsciente, atada, en una tabla de madera que mediante un mecanismo de poleas y cadenas se colocó en vertical. La cabellera rubia de Mina se balanceó dándome a entender que la chica permanecía inconsciente.

—¿Que...qué le han hecho? ¿Quiénes son ustedes? —balbuceé a duras penas.

—Ella está bien Jimb...muchacho.

—¡¿Arthur, eres tú?! ¡¿cómo has podido traicionarme?!

—No me culpes, chico. Pertenezco a la *Orden Esotérica de Dagon* desde antes de que nacieras —me aclaró el creador de Sherlock Holmes.

—Creí que me estabas ayudando a esclarecer las muertes de la señora Palladino y de Hui Yin. ¡La recuerdas! ¡Ella era tu amiga!

—Esto va mucho más allá de su comprensión, caballero. No nos haga perder más tiempo. La ceremonia debe proseguir —adujo otro encapuchado con voz grave—. La señora Palladino tuvo su oportunidad cuando la invitamos a ser nuestra médium, pero ella no poseía las cualidades necesarias. Lo mejor fue quitárnosla de en medio.

Por su gran altura y la sempiterna figura encorvada que lo acompañaba deduje que este miembro de la hermandad era ni más ni menos que el señor Lovecraft y su secuaz, el hombre pez, del que ya había salvado mi propia vida en dos ocasiones.

—¡Están todos compinchados desde el principio! Asesinaron a dos mujeres. ¿Por qué Hui Yin? —añadí enrabietado.

—No sabe hasta qué punto tiene razón —contestó el encapuchado alto—, desde el principio. Se entrometió y vio lo que no tenía que ver el día de la ceremonia fallida con la señora Palladino. Pertenecemos a la orden que antes le ha comentado el compañero, con el único fin de hacer llegar a nuestra realidad al único ser que ha habitado siempre este planeta desde tiempos pretéritos y que en estos momentos está despertando de su letargo, allá en la ciudad de R´lyeh, en las profundidades del océano Atlántico. Es nuestro dios único y dominador de la luz y las sombras. Gracias a nuestro ritual quedará liberado.

—¿Por qué la señora Crandon? —me impacientaba...

—Ella tiene la conexión con el otro lado —intercedió un tercer encapuchado con acento europeo. Sin duda era Houdini—. Es el hilo conductor del que tirar para el despertar de Cthulu. Digamos que su capacidad de conectar mentalmente con seres de otra dimensión es…única.

En ese instante todos repitieron ese extraño nombre al unísono.

—¿Por qué les falta parte del hígado a las víctimas?

—Por desgracia, muchacho, la raza de los profundos necesitamos las cualidades vitamínicas del hígado para mantenernos en nuestra forma humana y respirar su pesada atmosfera.

—Están todos locos. ¿Ha dicho…" necesitamos"? ¿Qué piensan hacer con ella?

—¿Con ella? —respondió Lovecraft—. ¿Acaso no le preocupa más lo que hagamos con usted?

—¡No!

—¡Oh, vaya! —pareció sorprenderse Houdini—, ¡parece que tenemos un romántico enamorado! Ja, ja, ja.

—Además; ¿por qué me lo cuentan? ¿Y si escapo y se lo cuento a la policía?

—Ja, ja, ja —Todos rieron divertidos, lo que me permitió discernir que no pensaban dejarme con vida. Era por eso que me lo contaban todo.

—La policía no es ningún problema, amigo, créame —me aseguró Lovecraft. Eso quería decir que el capitán del cuerpo de seguridad quizás estuviera también en ese asunto de locos—. Querido, debe entender que usted o sus acciones son irrelevantes. Pronto, nada de lo que ha conocido de este mundo tendrá sentido. Por fin el caos reinará sobre las ataduras del orden. Nuestro señor dominará por derecho propio.

Mina parecía luchar por recuperar la conciencia. Parecía aletargada o drogada.

De repente, Lovecraft, Houdini, el señor Seaman y Arthur pusieron sus manos sobre el rostro alelado de Mina, que parecía una muñeca con los ojos abiertos.

—Señor, la sangre. —Parecía recordarle Seaman a Lovecraft.

Este sacó de debajo de la túnica una pequeña daga con unos glifos representados en su hoja. La alzó haciéndola brillar levemente y comenzó a hundirla cuidadoso en el pecho de Mina.

Un temblor inesperado movió el suelo. Mi silla se tambaleó y cayó de lado. Me estampé contra los adoquines y una bonita brecha roja se abrió en mi sien. Se escuchaba los gritos de los comensales en el salón de arriba y algún que otro golpe seco contra nuestro techo. Se adivinaban carreras, gargantas rotas de terror en la sala de fiestas superior. A Lovecraft le resbaló la capucha, pero no pareció importarle.

Yo trataba de soltar mis cuerdas, pero era inútil. Comprendí que el supuesto temblor se debía a algo relacionado con el ritual. Arthur cruzó una mirada conmigo, parecía preocupado por mi situación, aunque a esas alturas ya no confiaba en él. Pude observar que quien me había atado no había tenido en cuenta que mi brazo izquierdo estaba atrofiado y su masa muscular era casi nula. Decidí intentar sacar esa excrecencia inútil de mi cuerpo por encima de la cuerda que lo aprisionaba. Mi movimiento era casi imperceptible, la sangre de la sien me cubría los ojos debido a la inclinación y yo comenzaba a escuchar los gritos conscientes de Mina. La iban a sacrificar, debía darme prisa. Una segunda sacudida de la tierra hizo voltear mi silla en la posición opuesta, saltando como un grano de trigo en el tamiz. Mi grito ahogado de dolor no pareció importunar a nadie. Ahora mi brazo inútil estaba aplastado por mi propio peso. Con mis rodillas presionando contra el empedrado traté de separar el brazo del suelo y otorgarle el espacio necesario para liberarlo. Después de tres intentos lo conseguí. Esto hizo que pudiera salir de aquella maraña de cuerdas, tomar un poco de aire y abalanzarme a toda velocidad contra Lovecraft y su daga. Ayudado de una tercera sacudida, el escritor perdió pie y yo pude derribarlo. El resto de secuaces de Cthulu no habían reaccionado aún. Golpeé a mi adversario en la nariz haciéndole sangrar. Lancé una risa histriónica en señal de triunfo y en ese momento el hombre pez me interceptó para salir rodando conmigo a un rincón oscuro.

—¿Sabes qué, hombre pez? me estas cansando.

—Eres pasto para los peces, amigo —me susurró con su pronunciación siseante al mismo instante que sus babas transparentes se vertían sobre mi mejilla.

—Yo siempre he sido más de carne. —Lancé un rodillazo a sus partes pudendas, supongo que los peces también les debe doler eso. Me lo quité de encima y ya erguido lancé un puntapié a su cabeza que lo dejó inconsciente.

Un tercer temblor y una serie de cascotes se desprendieron del techo. De pronto tuve la sensación de que los movimientos sísmicos, si es que eran eso, se habían producido en intervalos de tiempo al parecer exactos.

—¡Él se acerca! —dedujo Houdini.

"¿Él se acerca?" Pasos. Los pasos de la bestia gigante del fondo del océano se acercaban a nuestra posición. ¡Eso eran los temblores!

—Créame, Forsythe, no tenemos tiempo para usted. —Houdini sacó una pistola y la descargó contra mí. Me alcanzó el hombro y caí de espaldas golpeándome el cráneo contra la piedra. Antes de caer desmayado pude observar lo siguiente:

Mina despertó por completo destrozando sus ligaduras como si fueran de mantequilla. Vi sus dos ojos verdes...ella los tenía normalmente azules.

—¡Vais a pagar por tocar a mi hermana!

Después de esta frase, el caos. Mina tomó del cuello a Arthur y lo lanzó contra la pared opuesta quedando este aparentemente inconsciente si no muerto.

En el mismo segundo tomó de las solapas a Houdini y lo levantó en el aire.

—*Tú y tu asquerosa ambición desmedida. No te llevaré conmigo hoy, pero te prometo que en una de tus estúpidas actuaciones reapareceré ante ti y ese será tu último espectáculo* —dicho esto lo golpeó salvajemente y lo lanzó contra el suelo. La voz era claramente la de Walter, el hermano de Mina.

Con el pecho ensangrentado por el pequeño orificio que le había provocado Lovecraft, Mina se acercó a este.

—Walter, no puedes hacer nada. Él está aquí. Nuestro señor se acerca... — un antinatural alarido surgió de la oscura noche corroborando las palabras del maestro de ceremonias.

Cuando Mina-Walter tomó la daga para insertarla en el pecho del escritor, Seaman se interpuso en la trayectoria y la médium lo atravesó hiriendo la espina dorsal del fotógrafo, transformado en su totalidad en hombre pez.

Lovecraft aprovechó la confusión y corrió lejos de la escena.

Entonces, Mina se arrojó salvaje encima de mí. Pude observar el gesto enrabietado, duro, patológico, de Walter en el cuerpo de Mina. Sus facciones se habían masculinizado en una suerte de transformación piroclástica del más allá. La cara de Walter en el cuerpo de Mina lanzó un grito y de nuevo vi el semblante angelical de Mina. Ambos estaban luchando interiormente por tomar posesión del cuerpo. Yo no podía liberarme, estaba al borde del colapso.

—¡Fred. Fred, tú me traicionaste!

—Yo...yo no soy Fred. Él es mi hermano gemelo. Yo soy James. Fred murió en la guerra.

—*Fred, tú me disparaste a traición en la trinchera. Ahora soy yo el que viene de entre los muertos para llevarte conmigo. Debes entenderlo. ¡Muere!* —oprimió más mi cuello.

—Walter —intercedió Mina tomando su propio cuerpo de nuevo, pero exhausta a causa de la herida—, él no es Fred. Lo amo. Debes dejar de intentar protegerme. Son los demás los que tratan de matarme para despertar a Cthulu.

Houdini, Arthur y Lovecraft se convirtieron ante mis ojos nebulosos en hombres pez. Entre todos abrieron una compuerta ubicada en el centro de la sala. Lo último que recuerdo es, a través de mi visión borrosa, emerger una mano gigantesca por el centro de la sala desde aquella oquedad del infierno y atrapar de una vez a todos aquellos hombres pez, incluido a mi amigo Arthur Conan. Cerró el tremendo puño y se los llevó a las profundidades del mal.

Mina me abrazó y me besó sollozando de alegría. Luego perdí el sentido. Después de esto amanecí en una habitación blanca, de sábanas blancas y de enfermeras de blanco. Al menos estaba vivo.

# EPÍLOGO

—¡Doctor Andrews, el paciente Joey ha despertado! —gritó visiblemente excitada la enfermera.

Yo me incorporé con un esfuerzo sobrehumano para quedar sentado en la cama.

—¡Woh, woh, woh!, ¿qué cree que está haciendo, amigo? Túmbese de inmediato. No puede levantarse de la cama de esa manera —. El doctor me puso las manos delicadamente en el pecho y me devolvió a mi posición horizontal—. No se mueva y déjeme tomarle las constantes vitales. ¿Cómo se siente?

—Algo aturdido. ¿Qué ha ocurrido? ¿qué hago en este hospital?

—Poco a poco. Muchacho. ¿Recuerda su nombre?

Esta pregunta me sorprendió, no entendía cómo podría estar en un centro de salud y estar sin identificar.

—James Forsythe, señor —añadí con toda naturalidad. El gesto del anciano doctor Andrews se tornó pálido.

—¡Usted...usted desapareció en el incidente de Boston del año 1924! ¡Dios santo, lo daban por muerto!

—¿Y los otros? ¿Por qué dice en el año 24? ¿Cuánto tiempo llevo en este lugar?

—Ejem, lo mejor es que descanse. Es muy pronto para que le explique y esto podría provocarle un shock.

Tomé a Andrews de las solapas y lo acerqué a mi cara.

—Debe decírmelo ahora, ¿comprende? Es todo muy confuso y necesito respuestas inmediatas. ¿Las demás personas que estaban en el Gallahad aquella noche...murieron? —se me quebró la voz.

—Está bien. Está bien. Pero suélteme —aceptó el médico tras dudar unos segundos.

—¿Está todo bien, Doctor? —oyeron mis gritos desde el pasillo y una enfermera se había asomado al umbral de la puerta. Este le hizo un asentimiento con la cabeza.

—Haga el favor de avisar, Gertrud. Déjeme unos momentos a solas con el paciente Forsythe.

—¿A quién debe avisar la enfermera? —interrogué con cierta agresividad.

—Cálmese, solo vamos a hacerle algunas pruebas. ¿comprenderá que no podemos dejarle ir por su propio pie, así como así?

—No entiendo, ¿cuál es el problema? Y responda a mi pregunta anterior; ¿quién murió la noche del Gallahad?

El doctor Andrew se levantó y me acercó lo que parecía un diario.

—Vamos por partes.

No podía creerlo, parecía víctima de una broma macabra. La fecha de aquel periódico...1940.

—No...no lo comprendo. ¿Qué significa esto?

—Tranquilícese. Esta muy nervioso. Ha estado en coma por dieciséis años —el doctor me acercó su pitillera y al abrirla pude verme en el espejo interior. Había envejecido.

Me quedé sin habla un largo rato.

—¿Dónde está ella? Mina, Mina Crandon.

—Esa era la chica que estaba con ustedes aquella noche, ¿cierto? A decir verdad, no se hallaron cadáveres, pero sí marcas en el suelo del lugar como si una bestia marina hubiera emergido desde el pozo central que se encontraba en el sótano del *Gallahad*. Creo recordar que un equipo de científicos del instituto Smithsoniano examinó ciertos restos de animales encontrados, algo así como escamas.

—¿Qué me está contando?

—No lo sé. Trato de averiguar qué ocurrió con usted.

—¿Esos...científicos, descubrieron algo?

—Dijeron en rueda de prensa que los resultados no eran concluyentes. Quién sabe si dieron con algo. Lo sorprendente es que lo encontraran a usted en las costas de Rhode Island, cerca de Newport, un barco pesquero. Usted tenía signos de hipotermia, pero aún vivía. Lo trasladaron aquí y hasta entonces. El resto de personas que se supone estaban con usted en el sótano no recordaban nada de lo sucedido y siguieron con sus vidas. Se probó de todo con ellos, créame, hasta hipnosis regresiva, no hubo resultados concluyentes. La única que no apareció fue la señora Crandon. Usted se encuentra en el Miriam Hospital de Providence, uno de los mejores del estado.

—¿Mina ha muerto?

—Yo no puedo decírselo. Esta desaparecida. Quien sí nos dejó un año después fue El mago Houdini —me sobresalté recordando las palabras de Walter—. Murió ahogado en uno de sus espectáculos de escapismo, en el rio Hudson. Algunos testigos aseguran haber visto una sombra tenebrosa bajo el agua, rodeando la caja metálica en la que estaba encadenado el famoso escapista.

Disculpe, estoy únicamente trasladándole lo que recuerdo haber leído en los periódicos. Ya sabe que a veces pecan de sensacionalistas y les encanta añadir elementos esotéricos y de misterio de vez en cuando. Nadie se explica que ocurrió esa noche ni qué hacían todos ustedes juntos en aquel local ilegal. Tal vez usted pueda arrojar una luz sobre aquella noche.

En cuanto al señor Conan Doyle desapareció hace unos diez años mientras navegaba con su barquito de recreo en ese lago tan famoso de Escocia.

—¿Ness?

—Eso, Lago Ness. Se esfumo él y su barca al completo, sin dejar rastro. Ya sabrá lo que interpreta la gente...

—Sí, el famoso monstruo —una gran cantidad de piezas comenzaba a encajar en mi cabeza a la vez que mi temor iba en aumento.

—Tengo que marcharme ahora, señor Forsythe. Trate de descansar. La enfermera le traerá alguna sopa para cenar. Debemos ir poco a poco.

—¡Doctor Andrew!

—¿Sí?

—Antes ha dicho a la enfermera Gertrud que hiciera la llamada. ¿A quién va a llamar? Yo no tengo familia aquí en los Estados Unidos.

—Oh, el señor Lovecraft ha estado visitándolo una vez por semana, aunque nunca me dijo quién era usted ni por qué lo visitaba. Él es toda una institución en nuestra pequeña ciudad así que no me pude negar a sus visitas. Se pondrá contento de verlo despertar. ¿Es familiar suyo?

—Esto, sí. Es un primo lejano.

Tan pronto me dejaron a solas busqué mi ropa. Llevaba colgada en el pequeño armario tres lustros. Me sorprendió descubrir que me venía algo grande. Yo estaba escuálido. Al salir al pasillo principal tropezaba con todo debido al entumecimiento de mis músculos y sistema motriz. Observé a un Lovecraft, que no había envejecido en absoluto, avanzar en mi dirección, aunque no me había visto. Opté por salir a la ventana de mi propia habitación y descolgarme por la bajante de agua. Entre mi brazo atrofiado y lo débil que estaba caí dos metros antes de llegar por mi propio pie al suelo. El miedo era una gran fuerza impulsora en mí a pesar de que todo me daba vueltas y salí corriendo de aquella institución.

Al principio no supe a quién acudir. Unos días después me encontraba frente a mi antiguo apartamento. Por fortuna estaba desocupado y en el bolsillo de mi abrigo aún conservaba la llave de la entrada. Siempre he sido una persona previsora así que extraje el adoquín donde conservaba algunos dólares, el corazón me iba a cien, pero allí estaba la cajita, intacta.

Días después y ya repuesto, sabía que me buscarían allí. No podía dejar de pensar en el destino que habría corrido Mina así que inicié un periplo por toda la costa este del país. Esto me llevó tres años hasta que encontré su residencia.

En ese período de tiempo pude hacer introspección sobre los sentimientos que albergaba hacia Mina y pude descubrir que ella ocupaba todo mi pensamiento y todo mi sentir; la amaba. La amo.

Hamlin, a orillas del lago Ontario. Ese era mi destino final. Me hallaba frente a la desvencijada casa en la que suponía iba a encontrar a Mina de una vez por todas. Tardé dos horas en decidirme a llamar a la puerta. Finalmente lo hice.

—¿En qué puedo ayudarle? —una adolescente de pelo castaño y profundos ojos azules que me observaban con desconfianza me recibió displicente.

Tenía que haber preparado alguna frase adecuada, no imaginé que iba a tener que convencer a una desconocida de que me dejara entrar en la casa. La escena del reencuentro con Mina en mi mente era mucho más romántica y sencilla.

Me aclaré la voz y entonces fui consciente de mi desangelado aspecto. Había tenido suerte de que me abrieran la puerta.

—Disculpe mi atrevimiento señorita; mi nombre es James. Soy un amigo de la señora Mina Crandon, ¿vive aquí?

Ella negó con energía mirándome de arriba abajo. Mentía.

—Necesito verla. Tengo que hablar con ella de un asunto importante, relacionado con su estancia en Boston hace dieciséis años. — Esto parece que provocó en la adolescente una reacción de asombro tornando su ya blanco de por sí rostro en todavía más pálido.

—Un momento; ¿dijo James?

—Así es.

—¿Pero...ese no es su apellido, cierto? Lo entendí así.

—No. Me llamo James...

—Forsythe —dijo ella al mismo tiempo que yo. Un rayo de esperanza cruzó aquella carita de sorpresa—. Pase.

Una vez en el luminoso salón.

—Ella me advirtió de que un día vendría usted.

—¿Cómo? ¿Entonces vive aquí?

—En parte. De alguna manera. —Las lagunas en sus ojos contuvieron el agua. Se me formó un nudo consistente en mi garganta aguantando un llanto desgarrado. Derramé el vaso de agua que tenía en mis manos—. He estado esperando por su llegada desde hace unos años y ella me preparó. En primera instancia debo decirle que ella lo amaba y que lamentó su perdida. Nunca supimos donde había ido usted a parar. ¿Tiene alguna pregunta que hacerme?

Yo no sabía por dónde empezar. Había imaginado ese momento frente a Mina tantas veces que se me agolpaban en mi cabeza todas las cuestiones a la vez. No pude evitar derramar algunas lágrimas por la pérdida.

—¿Quiénes eran...ellos? ¿tu...madre te contó algo? —balbuceé.

—Una hermandad dedicada al culto de Cthulu. Es un ser primordial del que unos pocos iniciados tienen constancia hoy en día. Se precisa una persona con ciertos atributos para despertar en ritual a la bestia dormida bajo el océano. Así empezaría su dominio del mundo.

—Esa persona es Mina —aseveré. Ella negó con la cabeza.

—Esa persona era usted. —Un sudor frio recorrió mi cuerpo—. Ella se enamoró de usted desde el primer momento y fue la única en presentir su fuerza, su calidad de transmisor. Así que, sin mentir, dejó que el resto de acólitos del rito sacaran sus equivocadas conclusiones para protegerle. Cuando en el rito, la mano de Cthulu emergió del agua en aquel sótano ella se abalanzó sobre usted para confundir al ser primigenio y la atrapara a ella, bloqueando también en parte las condiciones mentales de la bestia con sus propios recursos mediúmnicos. Fue así como Cthulu tomó a todos menos a usted, aunque no se libró del derrumbe de las bases del Gallahad y acabó siendo arrastrado por las corrientes subterráneas de las alcantarillas hasta mar abierto. Ella pudo "percibir" este suceso mientras era arrastrada.

Yo no sabía qué decir. Estaba totalmente bloqueado y mi mente estaba confusa y abotargada por lo que escuchaba.

—Entonces, ¿ella sobrevivió a la abducción del tal Cthulu?

—Le recomiendo que no diga en voz alta su nombre. Míster "C" puede leer a distancia su llamado, aunque es cuestión de tiempo que venga a por usted para cumplir finalmente con su cometido. El no tenerle a usted en aquel instante le hizo fallar. No disponía del elemento más importante para el resurgir: usted.

—Pero yo...

—Usted, señor Forsythe era también miembro escogido por Arthur Conan para acercarlo a la hermandad. A eso se dedicaba aquel loco escocés. Míster "C" fue tomando uno por uno a todos los miembros que componían el ritual de aquella noche. Ellos no conocieron nunca de su importancia, Forsythe. La bestia tampoco. Mi madre había confundido su esencia espiritual entre todos los asistentes al sótano del Gallahad. Aún lo está buscando a usted y lo encontrará. Ese día llegará, no le quepa duda.

—¿Por qué me necesita ese monstruo?

—Su sangre pertenece a un...grupo étnico muy antiguo, que posee unas características intrínsecas únicas. Ya lo averiguará.

—¿De qué...murió Mina? disculpe el poco tacto —aduje tras reponerme del vaticinio de la joven, que me hizo temblar las piernas.

—No fue necesario que ella evitara el agua para que él viniese a por ella. Lovecraft la localizó antes que usted. Se la llevó.

—¿Cómo sabe usted señorita...?

—Margot.

—Margot. ¿Cómo sabe usted que ella...?

—Heredé sus cualidades

—¡¿Puede conectar con el otro lado?! —Margot asintió despacio con lágrimas desbordadas ya por sus mejillas.

— No es solo con los muertos que puedo contactar, también con seres especiales, diferentes. Por eso le pido que huya Forsythe. Escóndase en las montañas. ¡Váyase donde nadie pueda encontrarle! ¿Me oye?

—¿Los hombres pez, son reales?

—Sí. Una vez atrapados, todos los miembros de la hermandad se convierten para formar parte del ejército de Mister "C".

Me levanté imitando a la joven pues era signo claro de que debía marcharme de allí, para siempre. Cuando estaba en el umbral de la puerta me sorprendió con un abrazo. La tomé por las manos casi accidentalmente, observando que uno de sus brazos estaba atrofiado. Concretamente el izquierdo.

Han pasado algunos años. Margot y yo somos felices en Hamlin, estado de Nueva York. La idea de vivir en la montaña nunca me sedujo. Finalmente, Howard Phillips Lovecraft murió y entendí que la búsqueda sobre mí tal vez había acabado. Una noche, mientras observaba las estrellas en mi pequeño bote de pesca, en el lago Ontario, un movimiento vertiginoso en el agua me llamó la atención. Algo más grande que un pez se acercaba sinuosamente. La criatura lanzó con su cola algo metálico sobre el bote. Al observarlo a la luz de mi linterna pude ver que se trataba de mi medallón perdido tiempo atrás de la cruz de San Andrés, la que desapareció de mi cuello en Boston de manera inexplicable. Era ella. Esa noche me lancé al agua sin pensarlo dos veces. Por fin la había encontrado. Mejor dicho: Mina me había encontrado a mí. No estaba muerta. Recordé las palabras de Margot el primer día que vine aquí: "vive aquí...de alguna manera". Ella era un *profundo*, una de las criaturas descritas en las historias de Lovecraft.

A la mañana siguiente, la joven Margot, mi hija, no entendió mi desaparición. Al ver el bote solitario en el horizonte pensó que Cthulu me había encontrado por algún medio. Esa misma noche con los ojos bañados en lágrimas tiraba piedras sobre el lago. Pudo presenciar cómo un par de seres acuáticos de gran tamaño y parecidos a tritones jugaban entre sí cerca de la costa del Ontario. Uno de ellos parecía tener una extremidad atrofiada.

# FIN

Muchas gracias, lector, por darle una oportunidad a esta novela. Si quieres ponerte en contacto conmigo este es mi correo:

shaitansecret@gmail.com.

Te atenderé con mucho gusto.

# OTRAS OBRAS DEL AUTOR

*El secreto del Shaitan*

*El secreto del Shaitan 2*

*El anticuento: un cuento diferente*

*El anticuario judío*

*Okeanos; el alma del mar*

# OTRAS OBRAS DEL AUTOR

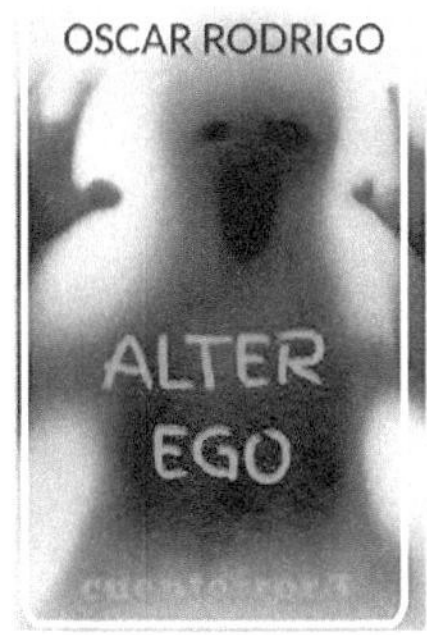

*Alter ego*

*El botijo maldito*

*Blanca Oscura*

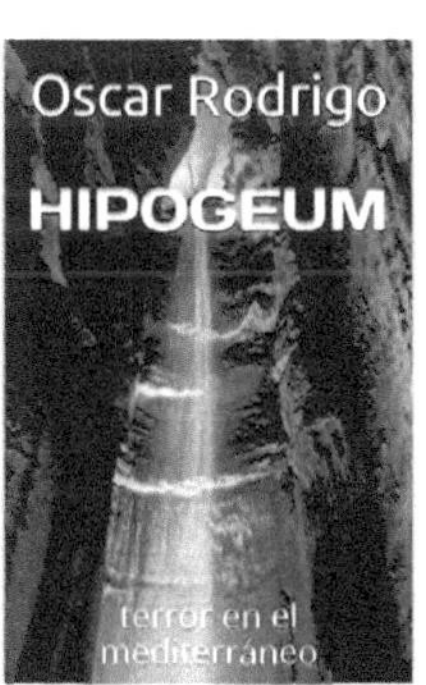

*Hipogeum*

*La caza del ángel caído*